文春文庫

特急ゆふいんの森殺人事件

十津川警部クラシックス

西村京太郎

文藝春秋

目次

【初出】
「週刊小説」平成元年七月七日号〜十一月十日号
【単行本】
平成二年一月実業之日本社刊
本書は、平成五年一月に刊行された文春文庫の新装版です。

特急ゆふいんの森殺人事件

十津川警部クラシックス

第一章　追う男

1

橋本豊《はしもとゆたか》は、元、警視庁捜査一課の刑事で、現在、私立探偵をしている。

別の紹介の仕方もあった。殺人未遂と傷害および放火で、三年間、網走刑務所で服役し、出所したあと、私立探偵になったという紹介である。

橋本が、事件を起こしたのは、彼が捜査一課の刑事になって、間もなくで、二十八歳の時だった。

彼と結婚を約束した女性が、五人の男にレイプされ、自殺した。その五人の男は、逮捕されたが、証拠不十分で釈放された。橋本は、そのため、警察を辞め、五人の男たちを、北海道まで追って行った。

橋本は、五人とも、殺す気だった。が、幸か不幸か、彼等の一人が、自己保身のために、仲間を殺し、橋本の犯行に見せかけようとした。例えば、橋本は、彼等の一人を、雪の中に、生き埋めにしたのだが、その犯人は、橋本を尾行し、仲間を、雪の中で殺したのである。

結局、四人が死に、仲間を殺した男は、逮捕されたが、橋本も、逮捕された。死ぬとわかっていて、彼は、男たちを、雪に埋め、殴りつけ、或いは、彼等の一人がいるのを知っていて、家に火をつけた。従って、殺人未遂と、放火、傷害の三つの罪で、有罪とされたのである。

先日、そうした過去を、「週刊アルファ」が、取りあげた。悪意のある書き方で、こんな過去を持つ男が、人間の秘密を探るような職業についていて、いいものかというものだった。

橋本は、別に、過去を隠して、仕事をしていたわけではない。特に、前科のあることを積極的に、依頼客に話しはしなかったが、きかれれば、正直に話していた。

その点についても、「週刊アルファ」は、意地悪く、「彼は、前科を隠していたばかりか、警察にいたことを売り物にしていた」と、書いた。

現在の日本では、私立探偵は、免許制ではないから、週刊誌に叩かれても、続けられるが、信用第一の職業だから、眼に見えて、客は、減ってしまった。

橋本は、私立探偵をやめることを考えた。

（とにかく、来月一杯で、看板を外してしまおう）

と、橋本が、考えたのは、四月の下旬だった。「週刊アルファ」に叩かれてから一ヶ月が経った頃である。

それまでは、一週間に一件ぐらいは、調査依頼があったのに、週刊誌に書かれてからは、ぴたりと、来なくなった。このままでは、別に、やめると決意しなくても、自然に、やめなければならなくなりそうだと思い始めていた。

二十三日ぶりに、客が来たのは、五月二十日の午後だった。
二十五、六歳の若い女で、サングラスをかけて、現われた。
橋本は、受付に、女の子を使っていたのだが、客が来ないので、辞めて貰っていた。

橋本は、あわてて、自分で、お茶を出してから、

「最初に断っておきますが、僕には、前科がありますよ」

と、いった。

調査依頼を引き受けたあとで、断られるのは、困るからだった。

女の顔に、微笑が、浮んで、

「週刊誌の記事は、読みましたわ」

と、いった。相変らず、サングラスは、外そうとしない。

「それでも、構いませんか？」

「ええ。あれを読んで、むしろ、好感を持ちましたわ。この人なら、途中で、仕事を放り出したりせず、頼まれたことを、最後まで、やって下さるだろうと」

「そう考えて下さると、嬉しいですがね。どんな調査ですか？」

と、橋本は、改めて、相手を見た。

サングラスをかけているが、整った顔立ちだった。

ただ、どんな職業の女性なのか、見当がつかなかった。

普通のＯＬの感じではない。最近は、はやりなので、橋本も知っているのだが、女の着ているのは、シャネルだろう。ハンドバッグも、もちろん、シャネルだった。

といって、水商売の女性にも見えなかった。

そんな橋本の眼を意識してか、女は、

「私、小寺《こでら》ゆう子《こ》です」

と、自分の名前を、いってから、

「職業もいわなければいけませんか？」

「いや。連絡先さえ、はっきりしていればいいですよ。それで、用件を話して下さい」

「この二人を、探して欲しいんです」

と、小寺ゆう子と名乗った女は、一枚の写真を、ハンドバッグから取り出して、橋本の前に置いた。

2

三十五、六歳の男と、三十歳前後の女が、写っていた。

男が、女の肩を抱くようにしているのは、恋人同士なのか、それとも、夫婦だろうか？

「二人の名前は、裏に書いてありますわ」

と、小寺ゆう子が、いった。

いわれて、橋本が、写真を裏返すと、なるほど、次の文字が、見えた。

広田《ひろた》　敬《たかし》（三十五歳）　一七五センチ

高杉《たかすぎ》あき子《こ》（二十九歳）　一六〇センチ

どうやら、夫婦というのでは、なさそうである。

「なぜ、この二人を、探すんですか？　行方不明か何かですか？」

と、橋本は、きいた。

「私は、小さな会社をやっているんですけど、その二人が、会社のお金を持ち逃げしたんです。三千万円ほどですけど」

「三千万もですか？」

「ええ。それで、出来れば、そのお金も、取り返して欲しいんです。もちろん、その時は、十分なお礼を、差し上げますわ」

と、小寺ゆう子は、いった。

「この二人は、あなたの会社で働いていたわけですか？」

橋本は、写真に眼をやって、きいた。

「高杉あき子の方が、私の会社で、経理をやっていたんです」

「なるほど。この男が、そそのかして、三千万円を、持ち出させたということですかね」

「と、思いますね。私は、仕事があるので、二人を探せないので、こちらに、お願いに来たんです」

「今、二人がどこにいるか、全く、見当がつきませんか？」

と、橋本が、きくと、

「二日前に、九州の由布院《ゆふいん》で、見たという話を聞いたんです。噂だけですけど」

「二人のどちらかが、由布院と、関係があるということは、ないんですか？」

「男の人のことは、よく知らないんです。ただ、彼女が、九州に行ってみたい、阿蘇や、天草へ行ってみたいといっていたのは、覚えていますわ」

と、ゆう子は、いった。

「それでは、取りあえず、由布院へ行ってみましょう。二人の足取りがつかめるかも知れません」

と、橋本は、いった。

「前金として、いくら、お支払いしたらいいんでしょうか？」

と、ゆう子が、きく。

「そうですね。九州へ行ったら、最低一週間は、向うで、探し回ることになると思います。さし当って、一週間分の日当と、旅費、宿泊費を、払って貰えませんか。それに、三千万円を、取り戻した時は、成功報酬として、五パーセントを、頂きたいと思います」

「結構ですわ」

と、ゆう子は、肯《うなず》いてから、分厚い封筒を差し出した。中身は、一万円札が、五十枚。

「領収書を書きます」

と、橋本がいうと、ゆう子は、首を小さく振って、

「橋本さんを信用しますわ。何とか早く、この二人を見つけて、三千万円を取り返して頂きたいんです」

「明日、由布院へ行きます」

と、橋本は、いい、連絡先をきいた。

小寺ゆう子は、アート物産という会社を、経営しているそうだが、教えてくれたのは、渋谷区松濤《しょうとう》の高級マンションの名前と、電話番号だった。

3

収入のほとんどなかった時だから、五十万円の現金は、有難かった。それに、三千万円の金を取り戻せば、成功報酬として、百五十万円を、調査費用の他に、貰えるのだ。

翌五月二十一日、橋本は、由布院へ行くために、マンションを出た。

由布院へ行くには、いろいろなルートがあるが、橋本は、大分まで飛行機で行き、大分から、列車に乗ることにした。

朝早く出るつもりだったのが、滞納している部屋代を、すぐ、振り込んでくれという電話が、入って、止むを得ず、銀行に寄ると、午前九時を過ぎてしまった。

大分行の飛行機は、午前中は、八時二〇分と、九時〇五分発の二本だけである。

橋本は、仕方なく、一二時三五分発に乗ることにした。

羽田空港に着いたのは、十二時少し前である。航空券を買い、出発ロビーの喫茶店で、コーヒーを飲んで、時間待ちをしていると、

「おい。橋本じゃないか」

と、声をかけられた。

振り向くと、彼が、警視庁捜査一課の刑事だった頃、一緒に働いていた二人の刑事だった。

先輩の亀井《かめい》刑事と、同じ若手の刑事だった西本《にしもと》である。

二人は、橋本の横に来て、同じように、コーヒーを注文した。

「どこへ行くんだ？」

と、亀井が、きいた。

「由布院へ行こうと思っています。大分から、列車で」

「温泉か？」

「それならいいんですが、人探しを頼まれましてね」

「仕事があったのならいいじゃないか。十津川《とつがわ》警部と心配していたんだよ。週刊誌に、あんな風に書かれて、調査の依頼が、無くなるだろうと思ってね」

「正直にいいますと、一ヶ月近く、一つも、仕事がありませんでした」

と、橋本は、笑ってから、

「カメさんたちは、どこへ行かれるんですか？」

「熊本だよ。向うで殺された男が、東京の人間でね。熊本県警から、協力要請が来ているんだ。その男が、どうも、東京で起きた事件に関係があるようなので、向うへ行って、県警と、話し合おうと思ってね」

と、亀井は、いった。

「十津川警部は、行かれないんですか？」

「関連があると決まれば、警部も、熊本へ行くことになる筈だよ」

「君は、まだ、結婚しないのか？」

と、橋本は、昔の同僚の西本に向って、きいた。西本は、同期で、捜査一課に配属されたのだが、橋本より、二歳年下だった筈である。

「ずっと、花嫁募集中さ」

と、西本は、笑った。

橋本の大分行の方が、先に出るので、亀井に、

「十津川警部に、よろしくお伝え下さい」

と、いって、喫茶店を出た。

大分行の一二時三五分出発のＪＡＳ（日本エアシステム）は、ヨーロッパ型のＡ３００が使われている。

何となく、ジャンボの嫌いな橋本は、ほっとしながら、乗り込んだ。

まだ、梅雨前で、快晴の空に駈けあがると、窓から、眩《まぶ》しく、五月の太陽が、射し込んできた。

二時間足らずで、大分空港に着いた。

タクシーで、JR大分駅に行き、時刻表を見ると、一六時二三分に、特急「ゆふいんの森」があるというので、それに、乗ることにした。

最近、走ることになった列車らしく、駅の構内にも、ちょっと変ったグリーンのこの列車のポスターが、出ていた。

全車両が、指定席というので、まず、由布院までの切符を買って、時間を待った。

今日は、ウイークデイだが、特急「ゆふいんの森」が、到着する4番線ホームに、何組かの家族連れの姿があるのは、この列車が、人気があるのだろう。

特急「ゆふいんの森」は、別府—博多間を一日一往復している。

一六時二〇分に、問題の列車が、4番線に到着した。

三両編成の小さな特急列車だが、全体が、グリーン一色に塗られ、それに、ゴールドラインの入った車体は、橋本には、異様に見えた。

最近、新しい車両が、次々に、生れているが、その中では、変りダネといえるだろう。

色彩も、特徴があるが、恰好も、日本の列車というより、アメリカの列車の感じだった。

前面には、ローマ字で「Yufuin No Mori」と書かれたプレートがついている。

大分には、三分停車なので、乗客の中には、連れの女性や子供を、列車の横に立たせて、写真を撮っているものもあった。

列車と同じ、グリーンの制服《ユニフォーム》を着たコンパニオンが乗っていて、乗客を迎えていた。

橋本は、「ゆふいんレディーズ」と書かれたバッジをつけたコンパニオンに迎えられて、車内に入った。

今、はやりのハイデッカー車で、床が高く、座席に腰を下ろすと、窓からの眺めがよくなっている。

外観は、アメリカ風だが、車内は、アンティックで、天井の灯は、昭和初年の頃の列車の感じだった。

運転席が低く作られているので、先頭と、最後尾の車両は、展望車になっていた。

橋本の席は、真ん中の車両だった。

一六時二三分に、列車が、走り出すと、橋本は、興味を持って、車内を見て歩いた。どうせ、由布院に着くまでは、することがないのである。

いかにも、観光用に作られた列車という感じで、三両だけなのに、車内販売のコーナーがあったり、コインロッカーがあったりする。手荷物を置く棚も、かなり大きなものが、設けられていた。

電話もついていたので、橋本は、依頼主の小寺ゆう子に、連絡しておこうかと思ったが、電話のかかる区域は、九州に限定されていると、書いてあった。

何といっても、車内に、コインロッカーが、ずらりと並んでいるのが珍しくて、橋本は、しばらく、見ていた。

百円で使えるもので、使用後、その百円は戻ります、と書いてある。

(どんな人が、利用するのだろうか?)

と、考えていた橋本は、近くで、例のコンパニオンと、話をしている男が、気になった。

手帳を出して、コンパニオンと話しながら、何か書きつけている中年の男である。

(刑事だな)

と、橋本は、直感した。

橋本自身が、刑事だったからだろう。

相手の男も、橋本の眼に気がついて、睨み返して来たので、あわてて、その場を離れた。

自分の席に戻ったが、やはり、今見た刑事のことが気になった。何を調べていたのだろうかということである。

コンパニオンが、おしぼりを配って来たので、橋本は、小声で、

「この列車で、何かあったの？」

と、きいてみた。

彼女は、びっくりした顔になって、

「何のことでしょうか？」

と、訝《いぶか》るようにいった。

「向うで、刑事に、何かきかれていたでしょう？　だから、何かあったのかと思ってね」

と、橋本がいうと、彼女は、当惑した様子で、周囲を見廻した。どうやら、その件については、あまり喋《しゃべ》るなと、上の方から、いわれているらしい。

「心配ないよ。僕も、警察関係の人間なんだ」

橋本は、嘘をついた。

コンパニオンは、まだ、半信半疑の感じだったが、それでも、

「新聞にも出ましたけど、あのコインロッカーから、血のついたナイフが見つかったので、そのことで、きかれていたんです」

と、小声で、教えてくれた。

橋本が、更に、きこうとすると、彼女は、さっさと、向うへ行ってしまった。

4

不思議はない。

それなら、刑事が、その列車に乗っていたコンパニオンに、事情をきいたとしても、

(血のついたナイフか)

橋本が、血のついたナイフについて、あれこれ、空想をたくましくしている中《うち》に、列車は、由布院の駅に着いた。

フルムーンらしい老人たちが、十五、六人、一緒に降りた。そういえば、羽田から、大分までの飛行機の中でも、老人のカップルが多かったなと、橋本は、思った。最近は、日本でも、余暇を楽しむ老人夫婦が、増えたということなのだろう。

改札口を出ると、駅前は、温泉町という感じではなくて、普通の商店街が広がり、その向うに、ラクダのこぶのような山が、そびえていた。

由布院温泉へようこそといったような、大げさなゲートめいたものもない。

ただ、駅の名前は、由布院だが、町は、湯布院となっているのが、唯一、温泉の町

らしかった。

橋本は、駅前のタクシーのりばで、タクシーを拾うと、

「ここで、一番、有名な旅館へ行ってくれないか」

と、いった。

「有名なねえ」

運転手は、考え込んでいる。

「一番古いのでもいいよ」

と、橋本は、いった。そういう旅館の主人なら、この土地の有力者で、何か調べて貰うのには、便利だと、思ったからである。

「じゃあ、玉の湯かな」

と、運転手は、呟《つぶや》いてから、車をスタートさせた。

商店街を抜けると、急に、雑木林や、水田が、眼に飛び込んできた。

相変らず、温泉町の感じはない。

点々と、旅館や、ペンションが、あるのが、ただの田舎の町とは、違っている。

ペンションは、真新しくて、メルヘン風の建物が多かったが、温泉が出ている感じではなかった。

「温泉町らしくないね」

と、橋本は、声に出して、いった。

「そうですか」

と、運転手は、いっただけである。

運転手は、サービスのつもりか、それとも、料金稼ぎでそうしたのかわからないが、由布院の名所、旧蹟といった場所を廻ってから、玉の湯という旅館に着いた。

名所の一つが、金鱗湖《きんりんこ》という湖だったが、タクシーから見る限り、平地にある、何の変哲もない小さな湖だった。

橋本の頭の中にある温泉町というのは、まず、渓流があり、その渓流に沿って、旅館、ホテルが並んでいるものなのだが、この由布院は、全く、印象が違っている。

渓谷も、川もないし、湯煙も見られない。

玉の湯も、道路沿いの普通の旅館で、温泉旅館の感じではなかった。

雑木林の中に、独立した棟が置かれていて、それが、食堂であり、休憩室であり、客室なのだ。

予約してなかったが、幸い、タクシーの運転手が、玉の湯の主人をよく知っていて、何とか、泊めて貰えることになった。

雑木林の中の小道を入って行くと、喫茶室や、食堂などが、見えた。

橋本を案内した従業員が、「ここで、少しお待ち下さい」と、待合室でいった。

山小屋風の造りで、暖炉では、薪《まき》が燃えている。

陽が落ちたのと、由布院が、高原にあるために、寒くなっていた。橋本は、暖炉の傍に寄った。東京では、感じなかったのだが、ここでは、火のあたたかさが、ひどくなつかしかった。

中年の女従業員が、お茶と、菓子を持って来てくれた。

橋本は、小寺ゆう子から預かってきた写真を、彼女に見せた。

「三日ほど前に、この二人が、泊らなかったかな？」

と、きくと、相手は、じっと、写真を見てから、あっさりと、

「お泊りになりましたわ」

「本当に？」

橋本は、念を押した。少くとも、五、六軒の旅館に当らなければならないだろうと、覚悟していたのである。

（この調子だと、今度の調査は、意外に早く、解決へ持っていけるかも知れない）

と、橋本は、思った。

「間違いありませんわ」

「二人は、いつ、泊ったの？」

「五月十八日に、お着きになって、翌日、出発なさいましたわ。ああ、お着きになったのは、丁度、今頃でした」

と、彼女は、微笑しながら、いった。

「その時の様子を、くわしく、話してくれないかな」

橋本がいうと、彼女は、困った顔になって、蝶ネクタイをしたマネージャー風の男を、連れて来た。

「三村《みむら》でございますが」

と、三十五、六歳のその男が、いった。

つまり、なぜ、そんなことをきくのかということだろう。橋本は、そう思って、

「実は、この女性の家族に頼まれましてね。内密にして欲しいんですが、子供と、ご主人を置いて、男と、いわゆる駈け落ちをしてしまったんです。それで、見つけてくれと、僕が、頼まれましてね」

と、わざと、声をひそめて、いった。

三村は、「なるほど」と、したり顔で、肯いて、

「そういえば、ご夫婦にしては、ちょっと、変だな、という感じもいたしました」

「宿泊カードには、夫婦と、書いたんですか？」

「そうです。ちょっと、お待ち下さい」

と、三村は、いい、宿泊カードを持って来て、見せてくれた。

確かに、五月十八日の日付けで、

矢野《やの》　宏《ひろし》　三十二歳
〃　京子《きょうこ》　二十六歳

と、書いてあった。住所は、東京都世田谷区となっている。

「名前も、年齢も、でたらめですね」

と、橋本は、いった。

「そうですか。女の方が、結婚五年目なので、九州一周をしているといっていたんですがねえ」

「どの部屋に、泊ったんですか？」

「記念に泊りたいといわれて、私どもで、最上のお部屋に、ご案内しました」

「見せて貰えますか？」

「いいでしょう。今日は、空いている筈ですので」

と、三村は、いった。

三村は、カギの束を持って来て、橋本を案内してくれた。

カギの一つを、まず、橋本に渡して、

「これが、お客様のお部屋のカギです」

と、いい、更に、奥に進んで、

「ここです」

と、いった。

どの部屋も、独立していて、日本風の格子戸がついている。

「さかき」という名前の部屋だった。

三村が、カギをあけてくれた。橋本も、中をのぞいてみた。

玄関があり、ゆったりした和室、その奥には、ツインのベッドの置かれた寝室、そのまた奥は、バスルームになっていて、大きな檜《ひのき》の風呂に、温泉が、あふれていた。

「いい部屋ですね」

と、橋本は、お世辞でなく、いった。

和室の障子を開けると、庭になっていて、その向うは、雑木林だった。

「雑木林の中に、この旅館を造られたんですか？」

と、橋本が、きくと、三村は、笑って、

「どなたも、そうおっしゃるんですが、実は、この辺りは、水田でしてね。それを埋めて、雑木林を、作ったんです」

「作られた雑木林ですか？」

「そうです。全く、自然のように見えるでしょう。手を加えていないようにしているというのが、私のところの社長の自慢なんです。自然らしさが、一番いいと、いわれましてね」

と、三村は、いった。夏になると、蛍が飛ぶという。

「例の二人ですが、手荷物は、持っていましたか？」

と、橋本は、きいた。

「男の方は、白いスーツケースを、大事そうに、持っていらっしゃいました。女の方は、ハンドバッグだけでした」

（そのスーツケースに、三千万円が、入っていたのか）

と、橋本は、思いながら、

「どこから、この由布院に来たと、いっていました？」

「確か、別府から、特急で、来られたと、いっていました」

「特急というと、グリーンの『ゆふいんの森』かな？」

「そうです。面白い列車だったと、女の方が、いわれていました」

「ここから、どこへ行くと、いっていました？」

「それは、聞いていませんが、夕食の給仕をしたお手伝いが、何か聞いているかも知れません」

と、三村は、いった。

5

午後七時過ぎに、橋本は、夕食をとりに、各客室に用意された下駄をはいて、食堂に、出かけた。

三千坪という広い敷地の中に、客室が点在しているので、食堂の傍には、乳母車を、もう少し引き伸ばしたような四輪車が、何台も並べてあった。それにのせて、運ぶのだろう。

食堂は、古い民家風の建物である。

意外に、若い五、六人のグループの泊り客もいた。

懐石料理と、焼き肉といった取り合せの夕食で、女のお手伝いが、肉を、焼いてくれる。

橋本は、彼女に、

「五月十八日に、『さかき』に泊ったカップルなんだが、ここを発《た》って、どこへ行くといっていたか、覚えてないかね？」

と、きいた。

「あのご夫婦なら、阿蘇《あそ》に行かれたと思いますよ」

「阿蘇？」

「ええ。お夕食の時、阿蘇を見たいんだが、ここから、どう行ったらいいだろうと、きかれたんです」

「それで、君が、教えた？」

「ええ。いろいろなルートがありますけど、列車で、日田へ出て、そこから、観光バスか、タクシーに乗って、阿蘇へ行かれたら、どうですかって、いったんです。その通りになさったかどうか、わかりませんけど」

と、お手伝いは、いった。

橋本は、夕食のあと、阿蘇周辺の地図と、新聞を借りて、自分の部屋に、戻った。

寒いので、暖房をつけてから、寝転がり、まず、阿蘇の地図を見た。

なるほど、久大本線《きゅうだい》の日田駅から、阿蘇に向って、道路が、伸びている。日田―杖《つえ》立《たて》温泉―小国《おぐに》―内牧《うちのまき》温泉―阿蘇駅（豊肥本線）というルートである。

（阿蘇見物か。三千万円の拐帯《かいたい》犯人にしては、呑気《のんき》なものだな）

と、思った。

明日は、このルートを、追ってみようと決め、地図を置いて、今度は、夕刊を手に取った。わざと、大分の新聞を借りて来たのは、どうしても、「ゆふいんの森」の車内で聞いた事件のことが、気になっていたからだった。

大分の新聞なので、三日前にあった事件のことでも、詳しく、後日談が、のっていた。

〈去る十八日の別府発、博多行の特急『ゆふいんの森』のコインロッカーから見つかった血のついたナイフについて、警察が二度目の発表を行った〉

という書き出しで、丁寧に、この事件のおさらいがしてあった。

その記事によると、五月十八日の別府発の特急「ゆふいんの森」が、終着の博多に着いたあと、コインロッカーの006が、使用中になっていた。

乗客は、全部、降りてしまっているのに、おかしいと思い、開けてみると、タオルに包まれたナイフが、出て来た。刃渡り十三センチの折りたたみナイフで、刃先に、血がついていたので、大さわぎになり、警察が捜査に、乗り出した。

そして、二度目の警察の発表は、次のようなものだった。

ナイフについていた血痕は、人間のもので、血液型は、B型である。ナイフの柄の部分は、包んであったタオルで拭かれたとみえて、指紋は、検出できなかった。

ナイフは、市販されているもので、アルマーというメーカーの外国製で、値段は二万七千円である。通信販売でも売られている。

十八日に、同列車に乗務していた二人のコンパニオン（ゆふいんレディーズ）は、犯人らしき人物にも、刺されたと思われる人物にも、心当りがないという。ナイフについていた血の量が少いので、車内で刺されたとしても、軽傷ですんだ可能性もある。

6

橋本は、新聞を置くと、温泉に入って来ようと思い、タオルを持って、部屋を出た。

大浴場への通路には、暗くなったので、ぼんぼりの灯が、並べてある。

大浴場には、橋本の他に、泊り客の姿はなかった。

大浴場といっても、それほど、広くはない。ここも、檜風呂で、スイッチを入れると、天井のあたりから、温水が、幾筋もの滝になって、落下して来る。

橋本は、座り込んで、その滝に、肩を打たせた。熱いというほどではなく、心地良かった。

眼を閉じて、橋本は、考え込んだ。

三千万円を持ち逃げした二人には、思っている以上に、早く、追いつけるかも知れない。二人が、呑気に、この由布院に泊ったり、阿蘇見物を、楽しんでいるようだからである。九州に来ていることを、誰にも、知られていないと、思っているのかも知れないし、逆に、どうせ、捕まるのなら、それまでに、二人で、思い切り楽しんでおこうと思っているのかも知れない。

そこは、わからないが、おかげで、彼等の足跡を追うのは、楽になりそうである。

橋本は、次に特急「ゆふいんの森」のコインロッカーから見つかったという、血のついたナイフのことを、考えた。こちらは、純然たる個人的な興味である。それとも、元刑事の好奇心か。

もちろん、広田敬、高杉あき子の二人が、同じ「ゆふいんの森」に乗った日に、ナイフも見つかっているということもある。同じ列車での事件ということは、はっきりしているのだ。

この二人が、血のついたナイフの持主だろうか。

二人とも、拐帯犯人として、追われているから、追って来た人間を、ナイフで刺したということも、考えられなくはない。

小寺ゆう子が、橋本以外に、追手を、傭《やと》っていたかも知れないからである。

（しかし、それにしては、広田敬と、高杉あき子の行動が、呑気すぎる）

と、思ったりもした。

自分の部屋に戻って、橋本は、テレビをつけてみた。

十時のニュースが、始まった。

ローカルニュースになって、ナイフのことが、画面に出た。

アナウンサーの説明は、夕刊に出ていたことと、ほとんど同じだったが、特急「ゆふいんの森」の走る姿が出て来たり、問題のコインロッカーや、血のついたナイフが、ブラウン管に映されるので、わかり易かった。

コインロッカーのカギは、見つからないというから、ナイフを入れた人間が、そのまま、持ち去ってしまったのだろう。

橋本は、今日、あの列車の車内で見たコインロッカーのことを、思い出していた。コインロッカーは、三列で、一列が、四個となっていた。問題の０００６は、二列目の上から二番目になる。

カギには、赤い合成樹脂のキーホルダーがついていたのを覚えている。

ナイフの持主は、なぜ、コインロッカーに、隠したのだろうか？

もし、血のついたナイフを持っていたら、万一のとき、不利になると思ったからだろう。それに、動いている列車の中では、隠す場所がない。たまたま、列車に、コインロッカーがあったので、あわてて、そこへ、隠した。そんなところかも知れない。

寝床に入っても、考えていたが、その中《うち》に、眠ってしまった。

翌日、朝食をすませると、橋本は、タクシーを呼んで貰って、駅に向った。

今朝は、どんよりと、曇っている。肌寒かった。駅まで送ってくれたタクシーの運転手は、雨になりそうだと、いった。

由布院から、久大本線の急行「由布2号」に、乗ることにした。九時二〇分由布院発、博多行で、日田に着くのは、一〇時一八分である。時間があったので、橋本は、公衆電話で、東京の小寺ゆう子に、連絡を取ることにした。

しかし、ダイヤルを廻すと、留守番電話が、

――会社へ行きましたので、留守番電話に、用件を、入れて下さい。信号音が鳴りましたら――

と、彼女の声で、いった。

午前九時を廻っているから、彼女が、出勤してしまったのも、当然だった。

橋本は、手短かに、由布院の玉の湯に、五月十八日に、広田敬と、高杉あき子が泊ったこと、日田から阿蘇に入ったらしいので、そのあとを、追ってみると話しておいて、急行「由布2号」に乗り込んだ。

日田まで、一時間足らずである。

窓の外の景色を楽しんでいる中に、日田に着いた。

由布院の駅は、瓦屋根の特徴のある建物だが、日田駅の方は、二階建、長方形の、よくある最近の駅の一つだった。

一階のコンコースには、例によって、土産物店などが、入っている。

改札口を出た橋本は、二人が、ここで降りたとして、観光バスか、タクシーのどちらを利用したろうかと、考えてみた。

観光バスは、予約が必要だろう。それに、二人は、三千万という大金を持っているのだ。追われている身なら、金をケチりはしないだろうと、考えた。

刑事だった頃のことを思い出し、橋本は、駅前に客待ちしているタクシーの運転手に、片っ端から、当ってみた。

五月十九日に、広田敬と、高杉あき子を、乗せなかったかと、二人の写真を見せて、きいたのである。

六台目の中年の運転手が、かざすように、写真を見ていたが、

「この二人を、乗せましたよ」

と、いった。

橋本は、ほっとしながら、

「二人と同じコースを、走ってみてくれないか」

と、頼んだ。

「本当に、同じで、いいんですか？」

運転手は、顔を、ねじ向けて、橋本に、きいた。

「いいよ。阿蘇に行ったんだろう？ 二人は」

「最後に、阿蘇に行きましたがね。その前に、耶馬渓《やばけい》へ行ってるんです」

「耶馬渓？」

橋本は、あわてて、駅で貰った九州の地図を広げた。耶馬渓という名前は知っていたが、どの辺か、知らなかったからである。

「見つからないぞ」

と、橋本が、文句をいうと、運転手は、地図を、上から、のぞき込むようにして、

「阿蘇の方じゃありませんよ。逆の方向です」

と、いう。

なるほど、阿蘇は、日田から見て南だが、逆の福岡県近くに、耶馬渓の文字が、見つかった。

「なぜ、そんな所に行ったんだ？」

「あのお客さんが、時間があるから、この辺で、景色のいい所はないかといったんですよ。それで、耶馬渓から、青の洞門を廻りましょうと、いったんです」

「ここから、どのくらいかかるんだね？」

「一時間半ぐらいですかね」

と、運転手は、いった。

広田敬と、高杉あき子の二人は、なぜ、そんな廻り道をしたのだろうか？

もともと、ただ、逃げ廻ればいい旅だから、耶馬渓へも、行ってみたのか？

「どうします？」

と、運転手が、きいた。

「よし。行ってみてくれ」

と、橋本は、いい、座席に、腰を落ちつけた。

第二章　スケジュール

1

　タクシーが、走り出した。運転手は、サービスのつもりか、日田という町の歴史を話し始めた。

　江戸時代、日田は、九州の中心に位置していたので、幕府は、ここを天領として代官所を置き、九州の各大名に、睨みを利かせていた。

　代官所には、当然、九州全体の情報が集まってくる。代官は、その情報を利用して、大儲けをしたという。

「今と同じで、情報を、握っている者は強いですよ。代官だけじゃなくて、他の役人たちも儲けて、大きな屋敷を建てて、今でも、それが、残っています」

運転手は、時々、手で、「あの家がそう。この家が――」と、指さして教えてくれる。

橋本には、興味のないことなので、最初は、聞き流していたが、

「今の話だけど、写真のカップルにも、聞かせたの？」

と、きいてみた。

「はい。説明いたしましたよ」

「それで、二人の反応は？」

「感心しておられましたねえ。特に、男の方が、今も昔も、情報合戦なんだなあといわれて、感心しておられましたよ」

と、運転手は、いった。

「本当か？」

「本当ですよ」

運転手は、当然じゃないかという口調だった。だが、橋本は、ちょっと、首をひねった。何といっても、連れの女は、会社の金を三千万円横領しているのだ。追われることは、覚悟しているだろうに、呑気《のんき》なものだと、首をかしげたのである。

「客席で、二人が、どんな話をしていたか、覚えているかね？」

と、橋本は、きいた。

「別に、聞き耳を立てていませんでしたからね。わかりませんね」

と、運転手は、いう。

「しかし、二人の様子は、わかったんじゃないの？　仲が良さそうだとか、不安そうに見えたとかなんだが」

「仲は良さそうでしたよ。ただ――」

「ただ、何だい？」

「男の方が、何か怒っていましたね」

「乗った時は、機嫌が、良かったんだろう？」

「そうなんですよ。だから、私も、運転がまずくて、怒っているんだろうか、説明がくどすぎたのかなって、こちらも、いろいろと、気になりましてね」

「結局、何を怒っていたんだろう？」

「女の人が、スケジュールがどうとかいっていましたから、そのことらしいと思って、少しは、ほっとしたんですがねえ」

「スケジュールだって？」

「ええ」

「本当に、スケジュールといったのか？」

「ええ。確かに、女の人が、そういいましたよ」

「スケジュールが、どうだといったんだ？」

「そこまでは、聞いていませんよ。今もいったように、男の人が、怒ってしまって、女の人も、黙ってしまいましたからね」

「スケジュールか」

橋本は、また、首をかしげてしまった。

三千万円を拐帯して逃亡している二人にとって、スケジュールとは、いったい、何なのだろうか？

「それで、二人は、ずっと、不機嫌だったの？」

と、橋本は、きいた。

「いいえ。耶馬渓が近くなったら、機嫌は、直っていましたよ」

と、運転手は、いった。

タクシーは、国道２１２号線を、中津に向って、走り続けた。

両側に、山脈が迫り、その合間を、走る感じだった。時々、トラックが通るくらいで、車の数は少い。東京とは、比べようもない、のんびりした感じだった。

一時間ほどして、国道212号線から分れて、細い道に入った。細いといっても、よく舗装されている。

急に、緑が濃くなった感じで、切り立った崖が、道路に迫っていた。

「まだ、遠いのかね？」

と、きくと、運転手は、

「もう、耶馬渓に入っていますよ」

と、いった。

駐車場が見えた。観光シーズンになれば、観光バスや、自家用車で、一杯になるのだろうが、今は、たった一台しか、とまっていなかった。

それが、なぜか、大分県警のパトカーだった。

「なぜ、こんなところに、パトカーが、とまってるんだろう？」

橋本が、呟《つぶや》くと、運転手は、したり顔で、

「息抜きでもしてるんじゃありませんかね。ここまで来れば、上司の眼も、届かないし――」

といって笑った。

「まさか」

と、橋本がいうと、そんな会話が聞こえたみたいに、パトカーは、急に、駐車場を出て行った。

2

この辺りが、耶馬渓の入口で、車は、曲りくねった観光道路を、ゆっくりと、走る。道路の脇には、遊歩道がついていて、運転手の話では、二人は、車を降りて、歩いたという。

「いかがですか。お客さんも、少し歩かれたら。下で、待っていますよ」

と、運転手は、いった。

そういわれて、橋本も、車を降りた。

道路は、ゆるい下り坂になっている。ゆっくりと、歩いて行くと、坂の下の方で、タクシーが、待っていた。

昨夜の雨で濡れた遊歩道を歩きながら、橋本は、二人が、なぜ、こんな所へ来たのだろうかと、同じ疑問が、わいてきた。

橋本は、追いかけた経験はあるし、今も、追っているのだが、逃げるという経験はない。まして、三千万円もの大金を持って逃げたことはなかった。

だから、その人間の心理は、正確には、わかりようがない。しかし、優雅に、耶馬渓の景色を楽しんだというのは、どうしても、納得できないのだ。

（それに、スケジュールというのは、何のことだろうか？）

そんなことを考えて歩いていると、周囲の景色は、覚えていない中《うち》に、タクシーのところに、着いてしまった。

また、タクシーに乗り込んでから、

「静かだねえ」

と、橋本は、感心したように、いった。

車も通らず、人の声も、聞こえて来ない。

「紅葉の季節になると、大変な人で、この辺は、ぞろぞろと、行列を作って、歩いてますよ」

と、運転手は、残念そうに、いった。

えんえんと、渓谷の下の道が続く。時々、昨夜の雨の名残りで、梢の葉や枝からつつと雨滴が落ちてくる。それだけだった。

耶馬渓を抜けると、道の両側に、突然、土産物店や、食堂が現われた。

その辺りは、土地が肥えていないのだろうか。そばの看板が、目についた。名物は、そばと、そばまんじゅうである。

「二人は、この辺で、休んだの？」

と、きくと、

「青の洞門の近くに、レストランがあって、そこで、休まれましたよ」

「じゃあ、青の洞門へ行ってくれ」

と、橋本は、いった。

橋本の頭の中では、青の洞門というのは、海岸沿いにあったような気がしていたのだが、実際は、川沿いにあった。

今は、川の反対側に、国道が走り、川には大きな橋も架《かか》っているので、使用されていなかった。

完全な名所、旧蹟になっていて、洞の中には、石造りの像があり、線香が煙っていた。洞門の長さは、せいぜい、二十メートルぐらいのものだろう。しかし、当時は、それだけでも、ノミで、掘るのは、大変だったろうと思われる。ところどころに、明り取りのための穴が、壁にあけられていて、そこからのぞくと、すぐ傍を、川が流れていた。

橋本は、車に戻ると、国道沿いのレストランに、行って貰った。

典型的な国道沿いのレストランで、食堂と土産物店が半々くらいの広さで、一緒になっている。

橋本は、運転手にも、食事をすすめておいて、レジのところにいる女に、二人の写真を見せた。

彼女は、二人のことを、覚えていて、

「男の方が、そこで、電話を掛けましたよ」

と、傍にある赤電話を、指さした。

「どこへ掛けたか、わかりませんか？」

「それは、わかりませんが、五百円玉を、百円とかえてくれとおっしゃって、それで、掛けていましたよ」

「その五百円を、全部、使ったようでしたか？」

「ええ。十五、六分、お掛けになってましたね」

と、女は、いってから、

「あのお二人の、お知り合いですか？」

と、きいてきた。

「まあ、そうです」

と、橋本が、肯《うなず》くと、相手は、

「忘れ物をなさったんですよ。届けて頂けませんか」

「どんなものですか？」

「紙に書いたものなんですけど」

と、女は、引出しから、四つにたたんだ紙片を取り出して、橋本に見せた。

広げてみると、白い便箋に、ワープロで打った文字が、並んでいた。


東京→大分→（特急ゆふいんの森）→由布院（一泊）→（急行由布2号）→日田→（タクシー）→阿蘇→内牧温泉（一泊）→阿蘇→（急行火の山2号）→熊本→天草

（これが、スケジュールなのか？）

と、橋本は、思った。

「それは、男と女のどちらが、忘れて行ったの？」

と、橋本は、店の女に、きいた。

「男の方ですよ。あの赤電話のところにありましたから」

「間違いなく、彼が、忘れたのかね？」

「ええ。あの日は、他に、お客が、いらっしゃいませんでしたから」

と、相手は、いった。なるほど、今も、橋本と、タクシーの運転手が、いるだけである。

「届けますよ」

と、橋本は、その紙片を、受け取った。

食堂の方へ歩いて行き、テーブルに腰を下ろした。

タクシーの運転手は、ラーメンを食べている。橋本は、同じものを注文してから、紙片を広げた。

男は、何のために、こんなものを持っていたのだろうか？

さまざまな答えが浮んでくる。女が、三千万円を持ち出し、恋人と逃亡を図った。その時、九州へ逃げようということになったのだろう。同じ逃げるなら、九州を、観光して廻ろうと考え、男が、スケジュールを、立てたのかも知れない。

（呑気なものだな）

と、橋本は、思うのだが、当人たちは、案外、のんびりしているのだろうか？　殺人ではないから、たいした罪にはならないと、思っているのかも知れない。

「ここから、阿蘇に向ったんだね？」

と、橋本は、運転手に、きいた。

「そうなんです。杖立温泉を通り、大観峰《だいかんぼう》を見てから、内牧温泉へ行きましたよ」

「着いたのは、夕方になっていたんじゃないか？」

「ええ。そうですね」

と、運転手は、肯いた。

3

青の洞門を出発したのは、午後二時を過ぎていた。

今度は、国道212号線を、ひたすら、南下する。周囲の山脈には、いい合せたように、杉が植えられている。どれも、手入れの行き届いた、美しい杉林だが、運転手にいわせると、最近は、切り出しても、採算が合わないのだという。

杖立温泉に入ると、川面に、何百という鯉のぼりが、泳いでいるのが、眼に入った。七、八十メートルの川幅に、ロープを何本も張り、それに、鯉のぼりをつけて、飾っていた。赤、青、黒と、さまざまな鯉のぼりが、風にはためいているのは、壮観だった。

「お客さん、写真を撮りますか？」

と、運転手が、車をとめて、きいた。

「例の二人も、ここで、写真を撮ったのか？」

「ええ。何枚も、写真を撮っていましたよ。私も、シャッターを押してあげました」

「私は、いいよ」

と、橋本は、いった。

運転手は、意外そうな顔つきになったが、黙って、車を発進させた。

この辺りから、熊本県である。

（スケジュールの次は、記念写真か）

橋本は、眼を閉じて、考えていた。こっちは、必死に追いかけているのに、逃げる方は、本心はわからないが、まるで、物見遊山のように見えるのだ。

しばらくして、前方に、阿蘇の外輪山が、見えてきた。

道路が、登《のぼ》りになり、大観峰に着いた。

外輪山の北の一つの頂上ともいっていいだろう。

標高は、九三六メートル。展望台の傍の駐車場には、千葉から来た中学校の観光バスが、並んでいた。

「ここでも、二人は、写真を撮ったのか？」

と、橋本は、きいた。

「ええ。車を降りて、見て廻っていましたよ」

と、運転手がいい、橋本は、車を降りた。

大観峰という名前の通り、確かに、景色が、素晴らしい。

近くには、若葉の芽生えた丘陵が続き、はるか眼下には、阿蘇の内輪の中に広がる水田や、家並みが、望見される。水田は、雨滴を受けて、きらきら、光っていた。

展望台には、休憩所があり、土産物を売っているのだが、その建物の柱を見て、橋本は、びっくりしてしまった。

エア・スプレーを使って、暴走族が、落書きをしているのだ。二本の柱に、大きな字で、見なれた文章が、吹きつけてある。消しても、また、書かれてしまうので、放っておくのだろう。そういえば、バイクの若者が、何人か、駐車場に姿を見せていた。

「ここから、内牧温泉は、近いの？」

と、運転手にきくと、彼は、笑って、

「あのお二人も、同じことを、私に、ききましたよ」

と、いってから、

「下の方に、三角形の建物が見えるでしょう。あれが、例の天下一家の会の本部で、その近くです」

「天下一家の会って、例のネズミ講の？」

「そうです。今は、何もやってないみたいですがね」

「あの辺りだと、十五、六分で、着くね？」

「ええ」

「二人は、阿蘇の噴火口を見に行くようなことは、いってなかったの？」

「男の人が、今、見られるかって、ききました。それで、私が、無線で問い合せてみたんですが、ここんところ、噴火が激しいので、近寄れないということでしたね。だから、行かれなかったと思いますよ。ここからは、真っすぐ、内牧へ行かれましたから」

と、運転手は、いった。

橋本は、タクシーに乗り、内牧に向った。

山の斜面を、下りて行くと、たちまち、平坦な盆地に着いた。

道路は、真っすぐに伸び、水田が広がっている。

さっき、展望台から見た三角形の建物の傍を通る。なるほど、人の住んでいる気配がないが、なぜか、バスが一台、とまっていた。天下一家の会のあったところというので、見物しに来たのだろうか？

内牧も、由布院と同じく、水田が広がる中に、何軒かの旅館が、点在している温泉地だった。

ネオンも、パチンコ店のものが一つだけ、輝いているだけである。

タクシーは、その内牧温泉の中でも、奥にある旅館の前で、とまった。

「みむら」という旅館だった。

「二人は、ここに、入ったのかね？」

と、橋本は、運転手にきき、肯くのを見てから、車を降りた。

小さいが、真新しい旅館だった。ここも、観光シーズンを外れているせいか、ひっそりと静かだった。

橋本は、フロントで、写真を見せ、二人が、間違いなく泊ったのを、確認してから、自分も、泊ることにした。

通された部屋の窓を開けると、遠くに、さっき、展望を楽しんだ大観峰が、見えた。

その緑の山肌が、急速に、暗くなっていく。

橋本は、七時に夕食にしてくれと、頼んでから、部屋の電話で、依頼主の小寺ゆう子に、連絡を取った。

六時に近いのだが、また、留守番電話だった。仕方がないので、この旅館の電話番号を入れておいた。

小寺ゆう子から、電話が入ったのは、夕食の最中だった。

「ごめんなさい。留守にしていて」

と、ゆう子は、詫びてから、

「二人のこと、何かわかりました？」

「今、阿蘇の内牧温泉にいます。二人は、ここから、熊本を経て、天草に行ったと思いますね」

「なぜ、天草に行ったとわかりますの？」

「それが、妙な具合でしてね」

と、橋本は、青の洞門近くのレストランで、広田敬が作ったと思われる旅行のスケジュール表が手に入ったことを告げた。

「二人は、まるで、観光旅行を楽しんでいるみたいですよ」

「呆れたわ。会社のお金を、三千万円も、持ち逃げしているのに、悪いことをしているという意識が無いのかしら」

　と、ゆう子が、いった。

「捕まっても、軽い刑ですむと思っているのか、それとも、九州へ逃げていることは、知られていないと、思っているのかも知れませんね」

「二人を見つけて、三千万円を、取り戻せます？」

「何とか、見つけますよ。スケジュール表は、天草で、終っていますからね。そこで、何日か、過ごす気じゃないかと思っているんです。それなら、追いつけます。明日、天草に向います」

「天草といっても、広いんでしょう？」

　と、ゆう子が、きいた。

「そうですね。広いですが、ここまで、二人は、観光気分で、来ています。それを考えると、恐らく、天草五橋を見物して、何日か、天草に、とどまるのではないかと、期待しているんです」

「天草の先まで、逃げて行くんじゃないかしら？」

　と、ゆう子が、きく。

「地図で見ると、天草は、三つの大きな島から出来ています。他に、小さな島は、いくつもありますが。熊本の方から行くと、下島が、一番端ですが、ここから、長崎方面へのフェリーが出ています。他に、途中の島からは、島原に向う船が出ます。逃げるとすれば、船で、島原か、長崎に向うと、思いますね。ただ、今もいいましたように、二人は、自分たちが追われていることは、気付いていないと思われます。ですから、天草で、遊ぶだろうと、考えているのです」

「天草で、捕まればいいと思うけど――」

「確認しておきたいんですが」

「何のことかしら？」

「高杉あき子は、本当に、三千万円を持ち逃げしたんですか？」

と、橋本は、きいた。

「なぜ、そんなことをきくの？　持ち逃げされたから、私立探偵のあなたを、高いお金を出して傭って、追いかけて貰っているんじゃありませんか」

ゆう子は、怒ったらしく、声を荒らげた。

「信じてはいますが、どうも、二人の逃げ方が、奇妙ですのでね」

「観光気分に見えるから？」

「それもありますが、ここまでのところ、二人は、ほとんど、買物をしていないんですよ。タクシーで、耶馬渓や、阿蘇見物はしましたが、それでも、三万円くらいの出費でしかありません。普通なら、三千万円も、手にしたのだし、捕まる心配があれば、人情として、湯水のように、使うものだと思うのですよ」

「そういえば、そうね」

と、ゆう子は、肯いてから、急に、思い出したように、

「天草は、真珠《パール》の産地だったわね？」

「ええ。養殖で、有名ですが」

「彼女、宝石が好きなのよ。中でも、パールがね。だから、恐らく、天草に着いたら、どんどん、買うと思うわ」

「じゃあ、その前に、捕えなければいけませんね」

「そうして貰いたいけど、あくまでも、内密にお願いしたいの。社員に、持ち逃げされたなんて、世間に聞こえたら、私の会社の恥になりますものね」

「わかりました。その点は、上手《うま》くやりますよ」

と、橋本は、約束した。

連絡がすんでから、橋本は、立ち上って、窓を開けた。

橋本は、二日、いや、正確にいえば、三日おくれて、あの二人を追っている。

天草で、追いつけるか、というより、追いつかなければならないのだ。依頼人のいう通りに、もし、女の方が、パールに眼がなければ、天草で、何日かを過ごすだろう。そうしてくれていれば、追いつくチャンスは、あるのだ。

窓の外は、温泉町らしくもなく、真っ暗だった。ネオンは、パチンコ店の一軒だけである。夏になれば、近くの水田で、蛙が、やかましく鳴き声をあげるのではあるまいか。

(わからん)

と、橋本は、思った。

由布院にしても、この内牧温泉にしても、歓楽街の雰囲気は、全くない。あの二人が、なぜ、こんな、ひなびた温泉ばかりを、選んで旅をしているのか、わからない。

由布院の近くには、有名な別府がある。なぜ、別府に、泊らなかったのだろうか？金を使うなら、別府ではないのか。

それとも、静かな温泉町の方が、見つからずにすむと思っているのか。

橋本は、手拭を持って、風呂に入りに行った。庭に、野天風呂が、造ってある。ゆっくり、つかって、玄関脇の休憩室で、橋本は、夕刊の綴《つづ》りに、眼を通した。

二つのことが、気になっていたからである。

一つは、特急「ゆふいんの森」の車内で見つかったナイフのことだった。

もう一つは、熊本に行った亀井刑事たちのことだった。あの事件は、どうなったのだろうかという興味があった。

「ゆふいんの森」のことは、もう、出ていなかった。多分、何の進展もなかったのだろう。

熊本の事件については、続報が、載っていた。ここが、熊本県のせいだろう。

○熊本城の死体、東京の事件と関連か

これが、見出しだった。

橋本は、亀井刑事の話を思い出しながら、記事の方に、眼を通してみた。

〈五月二十日の深夜、熊本城の大平町近くの公共トイレの裏側で発見された男の死体は、その指紋から、東京都世田谷区内に住む皆川徹《みながわとおる》さん（四十歳）とわかったが、その後の調べで、十七日に、東京都港区赤坂のマンションで殺されたクラブホステス、井上綾子《いのうえあやこ》さん（二十八歳）の事件の犯人ではないかという疑いが、強くなった。まだ、確証はないが、皆川徹さんは、十七日の事件に、何らかの関係があるとして、警視庁から、事件担当の警部が、急きょ、熊本に、やってくることになった〉

（十津川警部が、来るのか）

と、橋本は、思った。

4

翌日、小雨の中を、橋本は、例のスケジュール表通りに、豊肥本線の阿蘇駅までタクシーで行き、熊本行の急行「火の山2号」に乗った。

一一時一六分に、熊本に着いた。熊本も、雨だったが、時折、急に、陽が射したりする不安定な天気である。

熊本県警に電話して、十津川が来ているかどうか、確かめたかったのだが、その前に、例の二人を、見つけ出さなければならない。

橋本は、日田でやったように、熊本駅前で客待ちをしているタクシーに、片っ端から、当ってみた。

ここでも、タクシーに乗って、天草へ行ったに違いないと、思ったからである。

二十人近い運転手に当って、やっと、該当する男を見つけた。

写真の男女を、乗せて、天草五橋を、見物しに行ったというのである。

橋本は、そのタクシーに乗り、同じ道を走ってくれと、頼んだ。

相変らず、雨が、降ったり止んだりしている。

車は、熊本市内を抜け、海沿いの道路を、天草に向って、走った。

右側の海は、有名な有明海の入口、島原湾である。点々と、海水浴場が続き、ペンションの看板が、目につく。

「二人は、車の中で、何か、話をしていたかね？」

と、橋本は、きいてみた。

「そうねえ。男の方は、陽気に、肥後ずいきの話なんかしてたよ」

と、眉の太い運転手は、ぶっきら棒に、いった。

「肥後ずいき？」

「熊本の名物だからね。女は、笑ってたよ」

「他には？」

「女は、真珠の話をしてたね。見たいから、いい店を紹介してくれってね」

「それで、連れて行ったのか？」

「パールセンターへ案内したよ」

「じゃあ、私も、そこへ連れて行ってくれ」

と、橋本は、いった。やはり、小寺ゆう子のいった通り、高杉あき子は、天草で、パールを買ったのか。

車は、走り続ける。が、なかなか、天草五橋は、見えて来ない。

「遠いね」

と、いうと、運転手は、相変らず、ぶっきら棒に、

「もう少しだよ」

と、いった。

海沿いに、道路が、大きく左に曲ると、前方に、銀色に塗られた、高い橋が、見えて来た。

大矢野島との間の狭い水路に架《かか》る橋だった。これが、第一の橋だという。

橋の下の水路を、船が、ゆっくりと通って行くのが見える。

橋本は、天草五橋は、小さな島をつないでいるような気がしていたのだが、第一の橋を渡って着いた大矢野島は、大きな島だった。

島の中央を貫く国道を走っていると、両側に、新しくて、大きなレストランや、パチンコ店などが並び、ここが、島だということを、忘れてしまう。東京の郊外の感じだった。

また、海が見えて来て、今度は、橋本の想像していたような小さな島が点在し、それを、四つの橋が、結んでいた。

真珠を養殖しているイカダが、並んでいる。

今度は、鮮やかなクリーム色の橋である。続いて、コンクリート橋を二つ渡り、最後の5号橋は、真っ赤なパイプアーチ橋である。

パールセンターは、第四の橋を渡った前島にあった。

丘の上にあって、屋上は、展望台になっている。

「ここだよ」

と、運転手は、車をとめて、いった。

「それで、二人は、どのくらい、ここにいたんだ?」

「知らないな。帰っていいといわれたんでね」

と、運転手は、いった。

二人は、タクシーを帰してしまったのか。

橋本は、運転手に、待ってくれといっておいて、パールセンターの中に、入って行った。

ウイークデイだが、観光バスがとまり、店の中には、十五、六人の客がいた。

パールの指輪や、ネックレス、ブローチなどが、ショーケースの中に、並んでいる。クズ真珠で造った五重塔や、船なども、置かれてあった。

橋本は、店員に、二人の写真を見せて、覚えているかどうか、きいて廻った。

三十歳ぐらいの女店員が、笑顔で、女性の方を覚えていると、いった。

「百二十万円の黒真珠の指輪を買って頂きました」

「間違いなく、この女性でしたか？」

「ええ。東京の方だと、いっていましたわ」

「支払いは？」

「現金で、払って頂きました」

「その間、男は、どうしていました？」

「黙って、見ていらっしゃいましたよ。ニコニコしながら」

「正確な時間を、覚えていますか？」

「午後の一時少し過ぎぐらいだったと思いますわ、五月二十日の」

「百二十万円の真珠の指輪を買ったあと、二人が、どこへ行ったか、わかりませんか？」

「さあ、私も、お聞きしませんでしたから」

と、女店員は、いう。

橋本は、外へ出た。雨が止んで、五月の暑い陽が、照りつけていた。

海上に眼をやると、波を蹴立てて、フェリーが、走っているのが見える。島原行の船だろう。二人も、ここから、フェリーに、乗ったのだろうか？

いくら焦っても、二人の行方は、わからないので、橋本は、待たせておいたタクシーのところに戻った。

「例の二人だけど、熊本駅前から、ここへ着くまで、途中で、昼食をとったかね？」

と、橋本は、運転手に、きいた。

「いや。まっすぐ、ここへ来たよ」

「熊本駅前で、二人が乗ったのは、何時頃だった？」

「さあ、何時頃だったかな。昼前だったことは、間違いないがね」

と、運転手は、いった。

急行「火の山2号」の熊本着は、一一時一六分だった。そして、昼前に、タクシーに乗ったとすれば、熊本駅近くで、昼食を、とっていないだろう。

「この辺で、昼食をとる所はあるかな？」

と、橋本は、きいた。

「探せばあると思うよ。魚料理が多いがね」

と、運転手は、いった。

橋本は、料金を渡して、タクシーを帰してから、パールセンターの周辺を、探すことにした。

二人が、ここへ来たのは、午後一時過ぎである。

二人とも若いので、百二十万円で、黒真珠の指輪を買ったあと、昼食をとったに違いないのだ。

熊本に戻ったら、島原へ渡るには、時間がかかる。とすれば、この近くで、昼食をとったのではないか。

運転手のいった通り、魚料理の店が多かった。若い観光客相手のラーメン店もある。

橋本は、一軒一軒、二人の写真を見せて、廻った。どの店でも、いい顔は、されなかった。

それでも、橋本の勘は適中して、国道沿いの魚料理の店で、手応えがあった。そこのおかみさんが、二人を覚えていてくれたのである。

「お二人とも、寿司の上を、注文なさいましたよ。お二人で、三人前」

と、いう。

橋本も、同じものを注文してから、

「ここへは、何時頃来たの？」

「一時半頃だったと思いますよ。二時前だったことは、確かですけど」

「二人の様子は、どんなだったか、覚えてないかな？」

「そうですねえ。ああ、女の人は、パールセンターで買ったという指輪を、指にはめて、ご機嫌でしたよ」

「他には？」

「男の方が、そこにある赤電話で、電話をしていましたよ」

と、おかみさんは、店の入口に置かれた赤電話を示した。

「遠距離？」

「さあ。でも、百円玉を入れていらっしゃったようですけど」

「食事のあと、どこへ行ったか、わからないかね？」

「そこまでは、わかりませんけど、うちで、タクシーをお呼びしました。男の方に、呼んでくれないかといわれましたのでね」

「そのタクシーは？」

「この近くに営業所のある宮原《みやはら》タクシーですよ。お呼びしましょうか？」

「その時と、同じ運転手を、頼みたいね」

と、橥本は、いった。

5

六十歳くらいの運転手だった。宮原タクシーというのは、どうやら、個人タクシーのようだった。

橋本が、二人の写真を見せると、運転手は、

「そのお客なら、熊本市内へ送りましたよ。旦那さんは、どこへ行きます？」

「同じ所へやってくれ」

と、橋本は、いったが、意外な気がしていた。

天草諸島は、この先の下島が、一番大きい。そして、下島の端の牛深《うしぶか》からは、フェリーが出ている。

或いは、この前島から、フェリーで、島原へ行くといったルートを、考えていたのである。それなのに、二人は、熊本へ戻ったという。

熊本だと、その先が、読めなくなる。列車も出ているし、飛行機も出ているからだった。

橋本を乗せたタクシーは、来た道を、引き返し始めた。

橋本は、運転手に、二人の様子を、きいてみた。

「そうですねえ」

と、運転手は、ちらちら、バックミラーに眼をやりながら、

「男の方は、疲れたらしく、眠ってましたよ」

「女は？」

「景色を見たり、腕時計を見たり、指輪を見たり――」

それが、熊本まで続いたという。

タクシーは、一時間半近くかかって、熊本市内に入った。

「ここです」

と、いって、運転手が、車をとめたのは、熊本城の前だった。

「ここは、熊本城だろう？」

「そうです」

「二人が、熊本城を見たいといったの？」

「男の方が、熊本城の前で、とめてくれと、いわれたんですよ」

と、運転手は、いった。

橋本は、タクシーを降りて、眼の前の城を見上げた。

全体に、黒い感じの城である。石垣が美しい。

（本当に、二人は、熊本城を見物したかったのだろうか？）

そんなことを考えている中に、橋本は、ふと、この城の中で、殺されていたという男のことを、思い出し、近くの公衆電話で、県警に、掛けてみた。

相手は、東京から来ている十津川を、呼んでくれた。

「元気かね」

という、十津川の声が、聞こえた。

「何とか、やっています」

「カメさんの話だと、人探しを頼まれたんだってね」

「それが、この熊本で、行き止まりになってしまいました。お会いしたいと思いますが」

「いいよ」

と、十津川は、あっさり、いった。

橋本は、一時間後に、熊本城の近くで、十津川と、会った。

並んで、歩きながら、橋本は、

「例の殺人事件の方は、どんな具合ですか？」

「仏さんの解剖が終ってね。死亡推定時刻や、死因、それに、胃の内容物なんかは、わかったんだが、どこから、誰と一緒に来たかがわからないんだよ」

「胃の内容物から、わかるんじゃありませんか？」

「うに、たこ、いか、赤貝といったものでね。間違いなく、寿司を食べたと思うんだが、熊本市内の寿司店を調べても、該当する店が見つからないんだよ」

「ちょっと、待って下さい」

「どうしたんだ？」

「偶然かも知れませんが、私も、今日、全く同じものを食べたんです」

と、橋本は、いった。

第三章　天草の海で

1

「寿司はどこでも、だいたい、同じネタだよ」

十津川は、あまり関心のない調子で、いった。

「それは、わかっていますが、私の追っている男も、三日前に、全く同じ寿司を食べていることが、わかっているんです」

と、橋本は、いった。

「その男の名前は？」

「広田敬です」

「じゃあ、違うよ。私が、熊本県警と一緒に調べている男は、皆川徹なんだ」

「この男じゃありませんか？」

橋本は、例の二人の顔写真を、十津川に見せた。

とたんに、十津川の顔色が変った。

「この男の名前が、広田——だって？」

「広田敬です」

「なぜ、君が、追いかけているんだ？」

「女と共謀して、会社の金を、持ち逃げしたということで、頼まれて、追いかけているんです。金額は、三千万円です」

橋本は、今度の追跡依頼を受けた経緯を、説明した。依頼主の名前を、いわなかったのは、職業倫理もあったし、まだ、小寺ゆう子が、殺人事件に関係しているかどうか、わからなかったからでもある。

「皆川徹は、広田という偽名を使っていたわけか」

十津川は、小さくいい、その名前を、手帳に書き留めた。

「私は、二日、正確にいうと、二日半ほどおくれて、二人を追っていました。最後は、天草で、二人が寿司を食べ、熊本に引き返したことまで、確認しています。タクシーの運転手は、二人を、熊本城の前で、おろしたといっています」

と、橋本は、いった。

「それは、いつのことだね？」

「五月二十日の午後三時から、四時の間だと、いっていました。前島のパールセンター近くの食堂で、この二人は、寿司を食べ、宮原タクシーという個人タクシーを、店の人に呼んで貰って、熊本城に、戻っているんです」

「それが、二十日の午後三時から四時の間か？」

「そうです」

「そのあとのことは、わからないかね？」

「わかりません」

「とにかく、熊本県警本部に来て、くわしい話をしてくれないか」

と、十津川は、いった。

熊本城近くの警察署に、捜査本部が置かれていた。

そこで、橋本は、亀井や、西本と、再会した。

捜査会議が、急遽《きゆうきよ》開かれ、橋本は、広田敬こと、皆川徹の行動を、説明することになった。

橋本は、依頼主の名前だけを隠し、あとは、全て、話した。

特急「ゆふいんの森」のこと、その車内のコインロッカーの血のついたナイフのこと、広田と高杉あき子の二人が、辿《たど》ったルートのこと、彼女が天草のパールセンターで、黒真珠を買ったことなどである。

「三千万円か」

と、県警の坂本《さかもと》警部が、小さく呟《つぶや》いてから、

「その三千万円をめぐって、女と争いになり、殺されたということも、十分に、考えられますね」

と、本部長に向って、いった。

「高杉あき子というのは、本名かね？」

と、本部長が、橋本に、きいた。

「本名だと思います。平凡なＯＬだったわけですから、偽名を使っていた筈はありませんから」

「スケジュールが、どうとかいっていたね？」

「殺された男が、作ったと思われるスケジュールです」

と、橋本はいい、ワープロで打ったスケジュールを、本部長に、渡した。

「これについて、君は、どう考えるかね？」

「そうだよ。十津川警部の話では、君も、前は優秀な刑事だったわけだろう。だから、君の意見を聞きたいんだよ」

「私の意見ですか？」

と、本部長は、いった。

橋本は、緊張した表情で、

「最初、それを見た時は、呑気《のんき》なものだなと、思いました。自分たちが、追われていると思わず、呑気に、旅の計画を立てたものだと、呆れました。しかし、男が、殺されたとすると、考えも、変りました。男は、そのスケジュール通りに動きながら、三千万円を奪い取ろうと考えていたのではないかと思うのです。つまり、自分は、ずっと、彼女と一緒に、旅を楽しむつもりだと、そのスケジュールを見せて、安心させておいてです。ところが、それが、なかなか、上手《うま》くいかず、とうとう、熊本まで来てしまった。女は、高価な黒真珠などを買い始めて、三千万円が減ってくる。焦って、力ずくで、奪おうとして、逆に、背中から刺されて、死んだのではないかと、考えました」

2

「私も、同感です」

と、いったのは、坂本警部だった。

これで、容疑者も、動機も、はっきりしたとも、いった。

「十津川警部の考えも、聞きたいんだが」

と、本部長が、十津川を、見た。

「私は、東京で起きた殺人事件との関係で、自分の考えを、いいたいと思います。東京で、五月十七日に、クラブホステス井上綾子が、自宅マンションで殺されていますが、皆川は、この事件の容疑者です。殺人の動機については、目下調査中ですが、皆川は、偽名を使うような男ですから、被害者を欺《だま》していたと思われます。皆川は、井上綾子を殺したあと、高杉あき子に、会社の金三千万円を拐帯させ、一緒に、逃亡する間に、橋本君のいった通り、奪い取る気だったと思います。ところが、逆に、彼女に、殺されたのではないか。今のところ、そう考えざるを得ません」

と、十津川は、いった。

「今のところというのは？」

　本部長が、きいた。

「東京の事件について、まだ、詳しい調査が進んでいないこともありますし、皆川と、高杉あき子が、熊本に着いてから、彼が死体で発見されるまでのことが、わかっていないからです。もう一つ、気になることがあります」

　と、十津川は、いった。

「何が、気になるのかね？」

「橋本君の話では、皆川が、青の洞門近くのレストランで、どこかに電話していたということです。ひょっとすると、この事件には、もう一人の男か、女が、絡んでいることも、考えられます」

「君は、男と女のどちらだと思うんだね？」

「恐らく、女でしょう。広田敬こと、皆川徹は、かなりの女たらしだったと思われます。クラブのホステス、そして、OL、もう一人ぐらいいても、おかしくはありません。皆川は、高杉あき子から、三千万円を巻きあげ、電話を掛けた女と一緒に、どこかへ逃げる気だったということも、十分に、考えられると思います」

「その女が、皆川を殺したということは、考えられないかね？」

「可能性は、否定しませんが、今のところ、皆川と一緒だった高杉あき子を、見つけるのが、先決だと思います」

と、十津川は、いった。

捜査本部の方針も、それで、一致した。

高杉あき子の顔写真が、何枚も、コピーされ、行方を、追うことになった。

熊本県警は、熊本市内など、県下全域に、写真を配り、手配した。

十津川たちは、東京に戻り、赤坂で殺された井上綾子と、広田敬こと皆川徹の関係を、徹底的に調べることになった。

まず、亀井と、西本の二人が、先に、東京に帰り、十津川は、そのあとということになった。熊本県警との打ち合せが、残っていたからである。

十津川は、翌日、橋本を、市内のレストランに、昼食に誘った。

「県警の本部長からも、君を慰労してくれといわれてね」

と、十津川は、いった。

二人の席から、熊本城が、間近に見える。

「高杉あき子は、見つかりそうですか？」

と、橋本は、きいた。

「何しろ、四日たってしまっているからね。すでに、熊本県外、いや、九州の外に、逃げてしまっているかも知れない」

「四日あれば、北海道どころか、国外にも、脱出できますからね」

と、橋本は、いった。

「君は、これから、どうするんだ？　依頼主から、三千万円を、取り戻してくれと、いわれているんだろう？」

「ですから、しばらく、熊本に、いるつもりです。ただ、殺人事件になってしまいましたから、もう民間人の私が、動き廻る余地は、なくなったと思っています。私が、もし、高杉あき子を見つけたら、必ず、県警に連絡します」

「そうしてくれ。本部長も、坂本警部も、彼女を逮捕したら、三千万円については、君の依頼主に、返すように努力すると、いっていたよ」

「助かります。そうして貰うと」

と、橋本は、いった。

「依頼主には、連絡を取ったのかね？」

「いろいろあったので、忘れてました。失礼して、連絡して来ます」

と、橋本は、いい、席を立って、電話を掛けに行ったが、戻って来ると、

「Wホテルというのは、ご存知ですか?」

と、十津川に、きいた。

「名前は、聞いたことがあるよ。確か、JR熊本駅の近くのホテルだが、それが、どうしたんだね?」

「今、依頼主に電話したら、留守番電話になっていまして、ニュースで、事件のことを知った。とりあえず、熊本へ行き、Wホテルにチェック・インするので、来てくれというのです」

と、橋本は、いった。

「三千万円が、心配で、飛んで来るのかな?」

「多分、そうだと思います。それとも、こうなっては、私には、委《まか》せておけないと、思ったのかも、知れません」

「依頼主に会ったら、警察は、三千万円を没収するようなことはしないから安心するように、いっておきなさい」

と、十津川は、いった。

3

橋本は、十津川と別れてから、熊本駅前のWホテルに、行ってみた。

小寺ゆう子は、すでに、チェック・インしていた。

ロビーで、会うと、ゆう子は、いきなり、

「ニュースを聞いて、びっくりしましたわ」

と、橋本に、いった。

「そうでしょうね。僕も、こんな風になるとは、思っていませんでした」

「本当に、彼女が、広田を、殺したのかしら？　広田じゃなくて、本名は、皆川でしたわね」

「今のところ、他に、犯人は、考えられません」

「私のことも、警察に、話したんですか？」

「三千万円のことは、話しましたが、あなたの名前は、いっていません」

「助かったわ」

と、ゆう子は、小さく溜息《ためいき》をついてから、

「実は、高杉あき子の捜索願が、警察に出ているの」

「あなたが、出したんですか？」

「まさか。私は、三千万円のことだって、伏せておきたかったくらいですもの。彼女の捜索願など、出すぐらいならあなたに、彼女を見つけてくれと、頼んだりしませんわ」

「すると、高杉あき子の家族ですね？」

「ええ。大学四年の彼女の弟。うちの会社に来ては、彼女がどうしたか、きいてたんだけど、とうとう、捜索願を、警察に出したんです」

「その弟は、三千万円の件は、知っているんですか？」

「私は、いいませんでした。可哀そうだし、内緒にもしておきたかったから」

と、ゆう子は、いった。

「今度のニュースで、知ったかな？」

「さあ。彼女の名前は、イニシャルになっていたから、わからないかも知れませんわ」

「どんな男なんですか？　その弟っていうのは？」

と、橋本は、きいてみた。

「背が高くて、なかなか、美男子だけど、大学生のくせに、スポーツ・カーを、乗り廻しているんです」

「そのスポーツ・カーは、姉の高杉あき子に、買わせたのかも知れませんね」

「ええ。三千万円の一部で、弟に、買ってやったかも知れませんわ」

と、ゆう子も、いった。

「すると、弟は、姉弟愛もあるだろうし、金づるを失いたくないという気持もあって、捜索願を出したのかも知れない」

「ええ」

「高杉あき子は、パスポートを持っていましたか？」

と、橋本は、きいた。

「見たことはありませんけど、今の女の子だし、ハワイに行ったというのは、聞いたことがありますわ。だから、パスポートは、持っていると、思いますけど」

と、ゆう子は、いってから、急に、難しい顔になって、

「彼女は、もう、国外へ逃げていると、思うんですか？」

「その可能性は、ありますよ。証拠はありませんが、男を殺していると思われるし、三千万円を持っているとすると、国外へ逃げていることが、十分に考えられますから

ね」

「それで、どうやって、調べたら、いいのかしら？」

「警察が、調べていますよ。県警では、各空港に、問い合せている筈です」

「でも、広田、いいえ、皆川徹が殺されたのは、四日前でしょう？　彼女は、もう、国外に逃げてしまっているんじゃないかしら？」

「かも知れませんね」

「そうなったら、どうしたらいいの？」

「わかった時に、考えるより、仕方がありませんね。国外まで追いかけるか、それとも、諦めるか」

「三千万円は、大金だわ。諦められませんわ」

と、ゆう子は、いった。

4

十津川は、二十四日の午後、空路、東京に帰った。先に帰った亀井や、西本たちが、殺されたクラブのホステス、井上綾子について、調べてくれていた。

綾子は、とり立てて、美人というわけでもなかったが、愛想がいいので、客の間では人気があり、売れっ子だった。

二十五歳から、水商売に入っていて、何千万も、貯めているのではないかという評判だった。

ＯＬ時代に、一度、結婚したことがあったが、うまくいかず、離婚したあと、水商売に入っている。

特定の恋人はいなかったと思われる。

一方、皆川の方は、クラブの常連ではなかった。

ママや、マネージャー、ホステスたちの証言によると、四、五回、店に来ただけだという。たいていは、ひとりで来て、一時間ほどで、帰って行った。話は面白かったし、金払いもよかったので、お得意ではないが、ホステスの間では、評判が、良かった。

彼が、最初に店に来た時、綾子が、ついた。皆川は、彼女が気に入ったらしく、来るたびに、彼女を指名している。一度、彼女が休みの時に、店に来たが、その時、他のホステスに、綾子のことを、いろいろと、きいたという。

きかれたホステスは、皆川が、綾子に惚れているので、あれこれ質問するのだと思ったらしいが、今になってみると、皆川は、彼女が、どのくらい金を貯めているかを、知りたかったとしか思えない。

皆川は、店に来ている時、原田《はらだ》と名乗り、高級外車の輸入の仕事をしているといっていた。それを、証明するかのように、ジャガーのマークの入ったキーホルダーや、財布などを、見せびらかしていたという。

「恐らく、皆川は、井上綾子が、金を貯めているという話を聞いて、狙っていたんだと思いますね」

と、亀井は、十津川に、報告した。

「そして、五月十七日に、彼女のマンションに忍び込んで、彼女を、殺したわけか」

「そうです。五月十七日ですが、ママの話によると、彼女は、頭痛がするといって、早く帰ったそうです。恐らく、それが、いけなかったんだと思いますね」

「彼女のマンションに、忍び込んで、室内を物色していた皆川と、ぶつかってしまい、殺されたということだな」

「そうだと思います」

「皆川は、何を盗んだのかね？　盗まれた金額が、なかなか、つかめなかったんだろう？」

「それなんですが、井上綾子は、M銀行赤坂支店の貸金庫に、預金通帳や、貴金属を、預けていたことが、わかりました。一億近い額です」

「すると、皆川は、彼女を殺したものの、あまり、金は、手に入らなかったんだな？」

「そう思います。今もいいましたように、預金通帳などを、貸金庫に入れていましたから、せいぜい、現金で、百万以下の金しか、手に入らなかった筈です。井上綾子は、現金を、百万以上は、持たない主義だったそうですから」

と、亀井は、いった。

「それで、三千万円を持ち逃げした高杉あき子に、くっついて、逃げたということかね？」

「多分、そうでしょう。まさか、逆に、殺されるとは、思ってもみなかったんじゃありませんか」

と、亀井は、笑った。

同じように、井上綾子と、皆川徹のことを調べた西本刑事は、十津川に、次のように、報告した。

「クラブで、原田と名乗っていた皆川のことですが、高級外車の輸入業というのは、もちろん嘘ですが、調べてみると、全く、無関係ではありませんでした。クラブのママや、ホステスの話で、車のこと、特に外車について詳しいので、或いは、似た仕事をしていたのではないかと思い、都内の外車のディーラーを、片っ端から当ってみました。予想通り、三鷹にある外車ディーラーで、彼は、セールスマンをしていたことがありました」

「そこでは、皆川徹という本名で、働いていたんだろう？」

「そうです」

「どんな勤務状態だったんだ？」

と、十津川が、きいた。

「それが、面白いというか、インチキというか。皆川は、やたらに、口が上手くて、一日で、外車を、二台、三台も、売ったと報告して、上司を喜ばせていたんですが、それが、あとで、全部でたらめとわかり、みんな、呆れたということです」

「それじゃあ、馘《くび》になったんだろう？」

「半年で、馘になっています」

と、西本は、いった。

「口の上手い、いいかげんな男ということかね」

「そうです。それも、ただの口の上手さではなくて、一見、朴訥《ぼくとつ》な感じの口の上手さなので、みんな、彼を信用してしまうんだそうですよ」

と、西本が、いった。

「それに、高杉あき子も、引っ掛ったということかな？」

「かも知れません」

「高杉あき子については、まだ、調査はしてなかったね？」

「彼女が、働いていた会社の名前は、わかっています。アート物産という会社です」

「そこの金、三千万円を、持ち逃げしたわけだな」

「橋本君に、調査を頼んだ依頼主は、その会社のオーナーだと思います」

と、亀井が、いった。

「これから、その会社へ行ってみよう。高杉あき子という女についての知識を、得たいんだ」

と、十津川は、いい、二人は、捜査本部を出た。

パトカーで、新宿西口に向った。

運転する亀井は、急に、戸惑いの表情になった。

「この辺の筈なんですがね」

「本当に、アート物産という会社なのかね？」

「間違いありません。橋本君は、依頼主の名前はいいませんでしたが、会社の名前は、教えてくれたんですよ。その名前から、電話帳で住所を、調べたんですが」

「私が、掛けてみる」

と、十津川はいい、車を降りると、近くの公衆電話から、亀井のいうナンバーに、掛けてみた。

「こちら、アート物産でございますが」

という若い女の声が、応えた。

「そちらに、伺いたいんですが、住所は、新宿区――で、いいんですか？」

「はい」

「しかし、今、その近くにいるんですが、アート物産という会社は、見当らないんですがねえ」

「Kホテルの斜め前に、ヴィレッジ・西新宿というマンションがありますわ。そこの五階です。すぐわかりますわ」

と、相手は、いった。

「マンション？」

と、きき返したが、電話は、もう切れてしまっている。

十津川は、首をかしげながら、パトカーのところに戻り、亀井に、今の話をした。

「マンションですか？」

と、亀井も、変な顔をして、車を降りて来た。

二人で、ヴィレッジ・西新宿を探した。七階建の中古のマンションが、それだった。

一階の郵便箱を見ていくと、５０１号室のところに、「アート物産」と、書いてあった。

「驚いたね」

と、十津川が、いい、二人は、顔を見合せた。

「とにかく、５０１号室に行ってみましょう」

と、亀井が、いった。

二人は、エレベーターで、五階にあがった。

五階の角部屋が、５０１号室で、ドアに、「アート物産」と書いた紙が、貼りつけてあった。

亀井が、ベルを鳴らすと、ドアが開いて、事務服を着た三十代ぐらいの女が、顔を出した。

「アート物産の人？」

と、亀井が、きくと、彼女は、

「ええ」

と、答えて、じろじろ、十津川たちを、見つめた。

「誰か、責任者に会いたいんだがね」

と、いいながら、十津川は、女に、警察手帳を見せた。

女は、怯《おび》えた表情になって、

「私しかいないんですけど」

「君だけ？」

「ええ」

「中を見せてくれないかね？」

「ええ。どうぞ」

と、女は、ドアを開けた。中は、1LDKの広さで、十二畳ほどの居間には、応接セットが、置かれていた。その奥は、四畳半の和室である。

本当に、彼女の他に、人のいる気配はなかった。

「ここは、本当に、アート物産なのかね？」

と、十津川は、部屋の中を見廻した。

「ええ。そういうことになっていますけど」

「なっている？」

「ええ。私、頼まれたんですよ。ここにいて、電話が、掛って来たら、応答してくれ。それから、用件を、聞いておいてくれって」

「それから、どうするのかね？」

「午後五時になると、社長さんが、電話してくるんです。その時、今日、誰々さんから電話があったと、報告するんですよ。そのために、傭われているんです」

「他には？」

「社長さんが、明日、何とかという人から、電話があるから、その時には、社長は、どこそこに出張しておりますと、答えてくれと、いわれる時もありますわ」

「高杉あき子という女を知らないかね？」

と、亀井が、きいた。

「そんな人、知りませんよ。私は、社長さん以外は、知らないんです」

「社長の名前は？」

「確か、小寺とか、大寺とかいう女の人です」

「ここに、金庫はあるかね？」

「そんなもの、ありませんよ。お客が来た時に困るから、茶道具ぐらいはあるし、冷蔵庫もありますけど」

「この部屋は、借りているのかね？」

「ええ。月十七万円で、借りている筈ですわ」

と、女は、いった。

5

十津川は、改めて、室内を見廻した。

応接セットも、じゅうたんも、カーテンも、全て、安物である。

テレビや冷蔵庫も中古品だった。

「どうなってるんだ？」

と、十津川は、眉をひそめて、呟いた。

「三千万円も、会社の金かどうか、わからなくなりましたね」

と、亀井が、いった。

「橋本は、欺されているわけかな？」

「依頼人が、彼に嘘をついたことだけは、間違いありませんね」

「連絡してみよう」

と、十津川は、いい、部屋の中にある電話で、熊本に、掛けた。

橋本が、市内で泊っているホテルだった。

だが、橋本は、すでに、チェック・アウトしていた。

「私は、十津川といいますが、何か、伝言はしていきませんでしたか？」

と、十津川は、きいた。

「何も、お聞きしていませんが」

というのが、返事だった。

「どこかに、出かけてしまっていたよ」

と、十津川は、亀井に、いった。

「ひとりでですか？」

「いや、私と別れる時、Wホテルに、依頼人が来ているようなことを、いっていたからね。一緒かも知れない」

「彼が、危険じゃありませんか？」

「橋本が、相手のことを怪しまない限り、安全だと思うね」

と、十津川は、いった。

十津川は、事務の女に眼を戻して、

「君の方から、社長に、電話することは、ないのかね？」

「電話は、いつも、社長さんの方から、掛ってくるんです。私は、社長さんの電話番号を、知らないんです」

「しかし、社長には、会ったことが、あるんだろう？」

と、亀井が、きいた。

「ええ。採用された時、お会いしてます」

「どんな人間だね？」

「若くて、きれいな女の人ですわ」

「女か――」

「ええ」

「君は、どうして、ここの留守番になったんだ？」

と、十津川がきくと、女は、眉をひそめて、

「留守番じゃありません。社長の秘書ですわ」

と、いった。

「社長秘書ねえ」

　と、十津川は、苦笑しながら、

「新聞で見て、応募したのかね？」

「ええ。社長秘書求むと書いてあったので、応募したんです」

「それで、面接があったのは、この部屋かね？」

「ええ。ここですよ」

「それは、いつのことなんだ？」

　と、亀井が、きいた。

「確か、去年の十月頃です」

「面接は、女の社長さん？」

「ええ」

「その時、給料も、決ったんだね？」

「ええ」

「いくら、今、貰ってるんだ？」

「十五万。安いけど、ここで、ひとりで、電話の番をしていればいいんだから、楽だと思って、やることにしたんですよ」

と、女は、いった。

「ずっと、君一人だけだったのかね？　もう一人、女性が、ここにいたことは、なかったかね？」

十津川が、きいた。それが、高杉あき子ではないのかと、思ったからである。

しかし、女は、あっさりと、

「ずっと、私一人でしたわ」

「一日、どのくらい、電話があるのかね？」

と、十津川は、きいた。

「何回も掛ってくることもあれば、丸一日、電話が無い日もありましたわ」

「特に、妙な電話というのは、無かったかね？」

「妙な電話ですか？」

「そうだ。例えば、社長を、ゆするような電話とか、何千万という大金についての電話だがね。無かったかね？」

と、十津川は、きいた。

女は、「そうですねえ」と、考え込んでいたが、

「覚えていませんわ。たいてい、社長さんに用がある時でも、名前と、電話番号をいうだけで、あとから、社長さんが、掛けていたみたいですから」

「ここに、誰かが訪ねて来たことはないのかね？　一応、お客が来ても、いいようには、なっているみたいだが」

亀井は、もう一度、室内を見廻しながら、女に、きいた。

彼女は、笑って、

「月に一度か二度ですけど、刑事さんたちみたいに、訪ねて来て、びっくりしている人がいますよ。本当に、ここが、アート物産かって」

「社長は、今、九州へ行ってる筈だね？」

と、十津川が、きいた。

「私は、知りません。でも、昨日は、電話がありませんでしたね。いつも、午後五時に、電話があるのに」

「本当に、社長の家は、知らないのかね？」

と、亀井が、きいた。

「知りませんよ。きいても、教えてくれませんでした」

「社長は、金持ちだと思うかね？」

「そんなこといわれても、一度しか会ってませんから」

「しかし、君も、若い女性だから、同じ年頃の相手を見て、何かわかったんじゃないのかね？」

と、亀井が、きく。

「そりゃあ、持ってるものは、シャネルのハンドバッグだし、スーツも多分、シャネルだわ。いいなとは、思ったけど――」

「部屋の中を、見せて貰うよ」

と、十津川は、いった。

奥の和室に、女性週刊誌や、ビデオカセットがあったが、これは、事務の女が、退屈しのぎに、見ていたものらしい。

冷蔵庫には、缶ビールや、コーラが何本か入っていたが、これも、彼女が、自分で買って、入れておいたのだという。

「このマンションは、借りているといったね？」

と、十津川は、きいた。

「そうらしいですよ。持主は、この近くのＫ不動産だそうですから」

と、いった。

6

十津川と、亀井は、そのK不動産を、訪ねてみることにした。

十津川が、警察手帳を見せてきくと、そこの社員は、

「あの部屋は、確かに、うちで、お貸ししていますよ。お貸ししたのは、去年の十月一日からです」

「借りている人の名前は、わかりますか？」

と、十津川が、きくと、相手の社員は、当惑した顔になって、

「いわなければいけませんか？　なるべく内緒にしておいて欲しいと、いわれているんですが」

「ひょっとすると、殺人事件に関係があるかも知れないのでねえ」

と、亀井が、いうと、社員は、あわてて、契約書を、持って来た。

契約者の名前は、小寺ゆう子で、確かに、十月一日からの契約になっていた。

彼女の住所は、渋谷区松濤のマンションだった。

「このヴィレッジ・西新宿の501号室ですが、事務室に使っているのは、知ってい

ますか？」

と、十津川は、きいてみた。

「それは、知っています。最初から、そういわれましたから」

と、相手は、いった。

十津川と、亀井は、小寺ゆう子の名前と、住所を、手帳に書き写して、パトカーに、戻った。

二人は、車で、渋谷区松濤に、廻ってみた。

この辺りは、高級住宅街で、問題のマンションは、五階建で、いかにも、高そうな造りだった。

小寺ゆう子は、ここの四階に、部屋を持っている。

十津川たちは、警察手帳を見せて、管理人に会った。

「ここは、全部、賃貸じゃありません。402号室ですか？　今買ったら、三億円は、すると思いますよ」

と、管理人は、誇らしげないい方をした。

「小寺さんは、いつ買ったんですか？」

「二年前です。あの時は、一億二千万くらいだったんじゃありませんか。もう、三億ですからねえ」

「小寺さんというのは、何をしているか、知りませんか？」

と、十津川は、きいた。

「さあ、何をなさっているんですかねえ。最近のお金持ちというのは、商売のわからない人が、多いですからねえ」

「ひとりで、住んでいるのかね？」

「ええ。おひとりですよ」

「男が、訪ねて来たことは？」

「そりゃあ、若くて、美人だから、あると思いますが、私は、知りません。いちいち、管理人を通して、会われるわけじゃありませんからね」

と、管理人は、いった。

「彼女、車を、持っているの？」

「地下の駐車場に、入っています。真っ赤なＢＭＷですよ」

と、管理人は、いったが、それ以外は、彼女について、ほとんど知らないようだった。

管理人が、タレントの誰々も、ここに住んでいると、自慢げにいうのを聞き流して、十津川たちは、パトカーに戻った。

「何もわかりませんね」

と、亀井が、溜息をついた。

「管理人もいっていたじゃないか。最近の金持ちというのは、何をやっているのかわからない人間が、多いって」

「例の三千万円も、怪しげな金かも知れませんね。だから、表沙汰に出来なくて、私立探偵の橋本君に、取り返してくれと、頼んだんじゃありませんかね」

「問題は、どの程度、怪しい金かだな。脱税くらいならいいが、犯罪に関係した金だとして、それを橋本君が知ったら、彼が危くなるね」

「彼に、知らせてやりましょう」

と、亀井は、いった。

捜査本部に戻ると、十津川は、もう一度、熊本に、電話を掛けた。県警本部に電話して、橋本から、連絡が入ってないかをきいてみたのだが、全くないという。

「今、橋本は、小寺ゆう子と一緒にいる筈なんだ。連絡して来れば、彼女のことを、教えられるのにねえ」

と、十津川は、亀井に、いった。

「どこへ行ったと思われますか？」

亀井が、きく。

「高杉あき子を、探しているんだろうがね」

と、十津川は、いった。

二時間ほどして、電話が入った。熊本県警の坂本警部からだった。

「橋本君が、見つかりましたか？」

と、十津川が、きくと、

「いや、それは、まだですが、今、天草の前島近くで、若い女の溺死体が、見つかったという連絡が入ったんですよ。どうやら、顔立ちが、例の高杉あき子らしいというので、これから、前島へ行ってみるつもりです」

と、坂本は、いった。

思わず、十津川の顔が、緊張する。

「前島というと、パールセンターのあるところですね？」

「そうです。高杉あき子が、高価な黒真珠を買ったところですよ」

「もし、高杉あき子だと確かめられたら、すぐ、連絡して下さい。私も、そちらに行きます」

と、十津川は、いった。

更に、二時間ほどして、また、坂本警部から連絡が入った。

「溺死体は、間違いなく、高杉あき子でした。写真の彼女に、間違いありません」

「殺人ですか？」

「それが、まだ、わからんのです。溺死は間違いないのですが、海に落ちたのか、それとも、強制的に、海水を飲まされたのかが、不明です」

「三千万円は、どうですか？」

「それは、まだ、見つかっていません。ただ、彼女が、パールセンターで買った黒真珠の指輪は、指にはまっていましたよ」

と、坂本は、いった。

第四章　スーツケース

1

十津川は、すぐ、天草へ行くことにした。

あとのことは、亀井に委《まか》せ、翌日、午前七時五五分の全日空641便で、熊本に発《た》った。

熊本空港に、坂本警部が、迎えに来てくれていた。

坂本は、十津川を、パトカーに案内しながら、

「東京の方は、どんな具合ですか？」

と、きいた。

「それが、わけがわからんのですよ。小寺ゆう子という女の正体が、わかりません。

彼女が、経営していると称している会社が、どうやら、架空の感じですからね」

「すると、三千万円の件も、どうも、怪しくなって来ますね」

「それも、はっきりしないのですよ。何もなければ、わざわざ、私立探偵に頼んで、二人を追わせたりはしないと思うのです」

「三千万円は、事実だと？」

「そうです。ただ、会社の金といったものではないだろうとは、思っています」

と、十津川は、いった。

十津川は、熊本県警のパトカーに乗り、天草に向った。

熊本市内からでも、遠いが、熊本空港からは、もっと遠かった。

やがて、有明の海が見えてきた。天草五橋を、一つ、二つと渡り、パールセンターが、視界に入った。

パトカーが、とまり、外に出ると、海面に、何隻ものボートが出ているのが、見えた。

ダイバーの姿も見える。

「今、海の底を、探しているんです。或いは、三千万円入りのスーツケースが、沈んでいるかも知れませんのでね」

と、坂本が、いった。

「それで、高杉あき子ですが、殺しかどうか、わかりましたか？」

十津川は、海面を見つめながら、きいた。

「まだ、判断がつきませんが、妙なことが、わかりました。死亡推定時刻ですが、二十日の午後六時から八時の間ということになったんです」

「ちょっと待って下さい。皆川の死亡推定時刻は、同じ二十日の午後十時から十一時の間じゃなかったですか？」

と、十津川は、きいた。

「そうなんです。女の方が、男より先に死んでいることになります」

と、坂本も、いった。

「前は、三千万円を持った女が、男を殺して、逃げたと考えていましたが、逆になったわけですね？」

「そうです。男が、女を、もう一度、天草へ連れて行って溺死させたということも考えられるわけです」

と、坂本が、いった時、海に出ていたボートの上で、男が、こちらに向って、合図を始めた。

「何か、見つかったようです」

と、坂本が、いい、十津川と、海岸へ降りて行った。

ボートが一隻、エンジン音をひびかせて、岸壁に戻って来た。

ボートの上にいた県警の若い刑事が、坂本に向って、

「ハンドバッグが見つかりました。仏さんのものかどうか、わかりませんが」

と、いい、海水で濡れたハンドバッグを、差し出した。

黒のハンドバッグである。

坂本が、口金を開け、岸壁の上に、中身を開けた。

最初に、一万円札の束が二つ、音を立てて、転がって、驚かせた。

百万円の束が二つである。濡れていたが、紙の帯も、切れていない。

化粧品、財布、キーホルダー、それに運転免許証も、出て来た。

坂本は、まず、運転免許証を手に取り、写真と、名前を見てから、十津川に、

「高杉あき子のものです」

と、渡してよこした。

変に、まじめくさった高杉あき子の顔写真が、貼ってある。名前も、高杉あき子だった。

坂本は、百万円の束二つを手に持って、

「三千万円の一部ですかね？」

「多分、そうだと思いますよ」

と、十津川も、いった。

財布の中には、十五万三千円が、入っていた。それに、あと、百円玉が五枚、ハンドバッグから出て来た。

昼食の時、作業は一時、休みになったが、午後一時から、再び、ダイバーたちが、海に入った。

ひょっとして、三千万円が、この辺りの海に沈んでいるかも知れなかったからである。

「橋本さんの話では、二人は、スーツケースを持っているということでしたね？」

と、坂本が、きく。

「そうです。彼は、自分の眼で見たわけじゃありませんが、皆川と、高杉あき子のあとを追跡していて、二人の泊った旅館の人間や、乗ったタクシーの運転手なんかから、聞いたと、いっていました。確か、白いスーツケースです」

「それが、見つかると、いいんですがね。三千万円が、入っているかも知れません」

坂本は、まじめに、いった。

十津川は、岸壁まで行き、ダイバーが、もぐっている海を見つめた。

彼には、心配が一つあった。

橋本のことだった。彼から、全く、連絡がないからだった。

橋本は、二十四日に会った時、依頼主の小寺ゆう子が、熊本に来たので、会いに行くといっていた。

そのあと、全く、連絡がないのだ。

熊本市内のWホテルに、小寺ゆう子と思われる女が、泊ったことは、確かめられたが、二十五日には、もう、チェック・アウトしていたし、橋本も、姿を消してしまっている。

今も、二人は一緒だと思うのだが、行方が、わからないのである。

ダイバーによる探索は、午後四時頃まで続いたが、何も見つからないままに、いったん、中止された。

この辺りは、潮の流れが強いので、ダイバーの疲労が大きくなるのだということだった。

「明日、また、再開します」

と、坂本が、いった。

十津川は、熊本市内に戻るのが、面倒くさいので、島の中のホテルを見つけて、泊ることにした。ホテルというより、ペンションの感じだった。

十津川は、東京の亀井に、電話を掛け、高杉あき子の死亡推定時刻のことや、彼女のハンドバッグが、見つかったことを、話した。

「死亡推定時刻のことは、意外でしたね」

と、亀井は、いった。

「そうなんだ。県警も、驚いているんだよ。皆川を殺して、高杉あき子が、逃げたと思われていたんだが、逆だったようだね」

「しかし、橋本君は、二人が、タクシーで、天草から、熊本市内へ戻ったことは、確認したわけじゃなかったんですかね」

「そうなんだ。だが、皆川が、もう一度、高杉あき子を天草へ連れて行って、溺死させたという可能性が、出て来たんだよ」

「なぜ、もう一度、天草へ行ったんでしょうか？」

「わからんね。高杉あき子が、もう一つ、パールの指輪を買いたくなったのか、それとも、皆川が、殺して、三千万円を奪うつもりで、天草へ戻ったか」

「それで、肝心の三千万円は、見つかりそうですか？」

と、亀井が、きいた。

「二人の持っていたスーツケースが、見つからないので、ダイバーに頼んで、探しているんだがね。橋本君は、まだ、自宅に帰っていないのかね？」

「さっきも、電話してみたんですが、留守ですね。小寺ゆう子の方も、応答なしです。まだ、九州にいる筈だと思いますが」

「連絡があったら、すぐ、知らせてくれないか」

「ご心配ですか？」

と、亀井が、きく。

「小寺ゆう子という女が、何をしているのか、わからないからね」

と、十津川は、いった。

2

翌日もよく晴れて、初夏らしい天気になってきた。

朝から、暑かった。

午前九時から、再び、ダイバーが、もぐり始めた。

十津川は、県警の坂本警部と、岸壁に立って、この作業を、見つめた。

観光客も、二、三十人、何だろうという顔で、見ている。

「高杉あき子と、皆川の行動については、何かわかりましたか？」

と、立ったまま、十津川が、坂本に、きいた。

「橋本さんの話で、二人が、二十日の午後三時から四時の間に、タクシーで、天草から、熊本城の近くまで帰ったことは、わかったので、そのあとのことを、調べています。熊本市内のタクシーに、片っ端から当っているんですが、まだ、何もつかめていません。皆川と、高杉あき子が、もう一度、天草へ戻ったとすると、タクシーか、バスと思いますが、もし、バスだとすると、ちょっと、確認は、難しくなって来ます」

と、坂本は、いう。

「なぜ、熊本城だったんですかねえ」

と、十津川が、呟《つぶや》いた。

「え？」

坂本は、一瞬、十津川が、何をいったかわからなかったらしく、きき返すようにした。

「熊本城のことです。天草から、二人は、タクシーで、熊本城前に戻って来ました。そのあと、また、二人は、天草に戻ったと思われます。そして、最後に、熊本城で、皆川は、殺されていた。なぜ、熊本城なのかと思いましてね」

と、十津川は、いった。

「そうですね。犯人が、なぜ熊本城に拘《こだわ》ったのか。ただ、目印として、わかりやすかったのか、何ともいえません」

と、坂本が、いった時、若い刑事が、駈けて来た。

「見つかったのか？」

と、坂本が、せっかちにきくと、相手は、

「そうじゃありません。警部に、電話が入っています」

「ちょっと失礼」

と、坂本はいい、パトカーの方へ駈けて行った。

海中での作業の方は、なかなか、はかどらないようで、ダイバーたちは、休息をとっては、海にもぐって行く。

なかなか、スーツケース発見の合図は、見られなかった。

坂本が、戻って来た。

「青の洞門近くのレストランから、電話が入っていたんです。橋本さんが、教えてくれた店ですよ」

「ああ、皆川と、高杉あき子が、立ち寄ったレストランですね」

「そうです。そこで、皆川が、どこかへ電話をしているんですが、女の従業員が、耳にはさんだ皆川の言葉を、思い出してくれたわけです」

と、坂本が、いった。

「どんな言葉ですか？」

興味を感じて、十津川は、きいた。

「それが、皆川は、電話で、『三千万――』と、いったそうです」

「三千万円？　三千万円が、どうかしたと、いったんですか？」

「いや、三千万という言葉しか聞いてなかったんだそうです」

「なぜ、それを、橋本に、いわなかったんですかね？」

「女子従業員は、橋本さんが、刑事じゃなかったし、三千万円というのが、現実離れしているので、聞き違えだったらまずいなと思って、黙っていたそうです。その後、いろいろと考えてみて、どうしても、あれは、三千万円という金額だったと思って、電話したんだと、いっていますね」

と、坂本は、いった。

「やはり、三千万円は、嘘じゃなかったんですね」

「それは、確認できましたね。私も、三千万円は、噂だけじゃないかと、思い始めていたんですが、本当だったなと、思い直しているところです」

「その三千万円は、どこにあるんですかねえ」

十津川は、また、海上に、眼をやった。

小寺ゆう子のいっていた会社は、受付しかない架空の会社だった。

だから、橋本が頼まれたという仕事も、ひょっとすると、嘘ではないか、橋本が、欺《だま》されているのではないかと、思い始めていたのである。

しかし、三千万円は、本当だったらしい。

午後四時少し前、そろそろ、今日の作業も終了という時になって、ふいに、一隻のボートで、歓声があがった。

「何か、見つかったらしいですよ」

坂本も、嬉しそうな声を、あげた。

そのボートが、全速力で、岸壁に向って、走って来る。

ボートの上で、若い刑事が、手に、白いスーツケースを持ち、それを、振っていた。

その度に、海水が、飛び散って、西陽で、きらきら光っている。

「見つかりましたよ！」

と、スーツケースを持った刑事が、怒鳴るように、いった。

海水に濡れ、泥に汚れているが、もともとは、白いスーツケースだったとわかるものだった。

スーツケースは、手渡しで、岸壁の上に置かれた。

「A・TAKASUGI」と、ネームが、入っていた。

「間違いないね」

と、坂本は、持って来た若い刑事に、いった。

「錠がおりていて、開きません」

と、その刑事が、いった。

坂本は、パトカーから、ドライバーを持って来させ、それで、スーツケースの錠を、こじ開けることにした。

十津川も、じっと、見守った。

錠がこわれ、坂本が、ゆっくりと、スーツケースを開けた。

最初に目に入ったのは、華やかな、着がえの下着だった。

その次に、見えたのは、大小の石だった。

何者かが、下着類の中に、石を詰め込んで、錠をかけ、海に、放り込んだことになる。

「くそッ」

と、誰かが、舌打ちした。

「これじゃあ、カラと同じですね」

坂本は、中身を、ぶちまけて、空っぽになったスーツケースを、いまいましげに、見つめた。

「これは、どういうことなのかなあ」

と、十津川は、呟いた。

「わかっているじゃありませんか。高杉あき子を殺した人間が、三千万円を奪い、代りに、石を詰め込んでおいたんですよ」

坂本が、吐き捨てるように、いった。

「何のためにですか？」

十津川が、きいた。

「もちろん、まだ、三千万円が、入っているように、見せかけるためにですよ」

と、坂本は、いった。が、いってしまってから、自分でも、おかしいと思ったのか、

「海に捨てるんなら、別に、見せかける必要はなかったんですねえ」

「そうですよ」

と、十津川は、肯《うなず》いた。

3

坂本は、腕を組んで、考え込んでしまった。

「もう一つ、スーツケースが、あったんでしょうか？」

「いや、橋本君の話だと、二人は、白いスーツケースを一つと、ハンドバッグを持っているだけだということでした。そのスーツケースの中に、三千万円は、入っていると、思っていたようです」

と、十津川は、いった。

「この大きさのスーツケースなら、下着と一緒に、三千万円の札束は、楽に、入りますね」

坂本は、また、カラのスーツケースに、眼をやった。

「百万円の束にして、敷きつめるようにすれば、楽に入りますよ」

「その三千万円を奪って、スーツケースを、海に、放り込むのに、石を入れる必要は、ありませんよ。どうせ、沈むんだから」

「早く沈めたかったのかも知れませんが、それなら、もっと重くした方がいいですね。それほど、沢山の石は、入っていません」

と、十津川は、いった。

「とすると、丁度、三千万円分の重さに、石を入れておいたということになりますか？」

坂本が、きいた。

「私も、今、同じことを考えていたんです。皆川が入れたか、高杉あき子が入れたか、或いは、他の第三者が入れたのかわかりませんが、三千万円が入っていると思わせるために、下着と一緒に、石を入れておいたんだと思いますね」

と、十津川も、いった。

「第三者も、考えられますか？」

「そうです。皆川も、高杉あき子も、殺されましたからね」

「しかし、十津川さん、錠は、こわされていませんでしたよ。三千万円を奪おうとして、高杉あき子なり、皆川を殺したとすると、なぜ、中身を調べないで、海に、投げ込んだんでしょうか？」

と、坂本は、きいた。当然の疑問だった。

「犯人が、入れておいたんだったら、別に、中身を調べる必要は、なかったでしょう。それに、重い方が、簡単に、海に沈みますからね」

「皆川が、高杉あき子を殺したんだとすると、どういうことになりますかね？」

坂本は、岸壁の上に、突っ立ったまま、考え込んでいる。

「スーツケースの中の三千万円を奪ってから、石を詰めたとは思えませんから、彼女の隙《すき》を見て、三千万円を奪い、代りに、同じ重さに、石を詰め込んでおいたことになります」

「彼女が、それに気がついて、さわいだので、海に沈めて殺し、スーツケースと、ハンドバッグを、海に放り込んだということですか？」

「そうなりますね」

「ハンドバッグの中の二百万円に気付かなかったのは、なぜですかね？」

と、坂本が、きく。

「高杉あき子を、海に投げ込んだ時、ハンドバッグも一緒に、海に落ちてしまったんじゃないですかね。普通なら、ハンドバッグの中も調べますから」

と、十津川は、いった。

「問題は、皆川まで殺してしまった第三者と、三千万円の行方ですねえ」

坂本は、また、白いスーツケースに、眼をやった。

こんなに、海水に濡れていたのでは、指紋も検出できないだろう。それでも、一応、スーツケースと、中に入っていた下着や、石は、持ち帰ることになった。

若い刑事が、もう一度、中身を入れ直している。

十津川は、難しい顔で、じっと、海面を見つめていた。

海面は、うす暗くなっている。遠くの島の中には、まだ、明るく陽が射しているところもあるのだが、近くの海は、暗い。大きな雲が海上に、広がっているのだ。

十津川は、嫌な予感を覚えていた。

小寺ゆう子と一緒にいる筈の橋本についてだった。

高杉あき子は、会社の金三千万円を拐帯して、恋人の皆川と、逃げた。橋本は、頼まれて、その三千万円を取り戻すために、二人を追っていた。

これは、表向きの経過である。

だが、小寺ゆう子のやっていた会社は、完全な幽霊会社だった。

しかし、三千万円は、本物らしい。皆川が、逃亡の途中で、何者かに電話して、「三千万」という金額を口にしているからである。

会社の金でないとすると、この三千万円は、いったい、どんな種類の金なのだろうか？

正当な金とは考えにくい。今はやりのアンダーグラウンドの金なのか。

そんな金だったからこそ、小寺ゆう子は、警察にはいわず、私立探偵に、頼んだのだろう。

その揚句、高杉あき子は、天草の海で、溺死体で、発見された。彼女から、三千万円を奪おうとしていたと思われる皆川まで、殺されてしまった。

となると、どうしても、小寺ゆう子に、橋本が、疑われてしまうだろう。

現に、橋本は、三千万円を取り返そうとして、二人を、追っていたのである。

(彼が、疑われることになるかも知れないな)

と、十津川は、それを、心配した。

熊本城内での殺人事件と、天草の海の殺人事件は、関連あるものとして、熊本に捜査本部が置かれた。両事件を、捜査することになった。

夜に入ってから、捜査会議が開かれ、それには、十津川も、出席した。

そこで、今後の捜査方針として、いくつかのことが、決められた。

第一は、三千万円の行方を追うことである。二人の死は、当然、三千万円をめぐってのことと考えられるからだった。

第二は、橋本豊と、小寺ゆう子の行方である。十津川は、橋本について、大いに弁明したのだが、捜査会議での空気は、橋本が、二人を殺した可能性があるというものだった。

第三は、五月二十日に、皆川と高杉あき子の二人が、午後三時から四時の間に、タクシーで、天草から、熊本城に戻って、そのあと、どうしたかの追跡調査だった。あき子は、天草へ戻ってから、殺されたのか？　それとも、別の場所で、殺されたのか？　その時、皆川は、一緒だったのか？　わからないことが、多過ぎるのだ。

皆川にしても、解剖の結果、胃から、寿司ネタが、見つかったのと、橋本の証言から、最初は、天草の魚料理の店で食べた寿司だと考えられていたのだが、皆川が殺されたのは、二十日の深夜とすると、それまでに、寿司が、完全に消化されている筈ということになった。

と、すると、皆川は、もう一度、寿司を食べたことになる。

その店は、いったい、どこだったのか？　彼が、ひとりで食べたのか、誰かが一緒だったのかを、知ることは、捜査を、一歩、前進させるだろう。

この三点に、捜査の重点が置かれることで、会議は、終った。

十津川は、反対する理由もないので、黙っていたが、やはり、橋本の行方が、気がかりだった。

橋本は、律義な男である。当然、連絡してくる筈なのに、それがないことに、十津川は、不安を感じていた。このまま、沈黙を守り、行方が、わからないと、嫌でも、高杉あき子と、皆川を殺した犯人にされてしまうだろう。

4

十津川は、もう一日、熊本に、とどまることにした。

何とか、橋本豊と、連絡を取りたかったからである。

市内の旅館に泊り、東京の亀井に、電話してみたが、橋本も、小寺ゆう子も、帰っていないという。

「橋本が、疑われる気配が、ありますか？」

と、亀井が、きいた。

「ああ、そうなんだ。何といっても、橋本は、三千万円のことを知っていたし、皆川と、高杉あき子を、追いかけていたわけだからね。いざとなって、三千万円を取り戻さずに、猫ババを考えたんじゃないかと思っている人間もいるんだ」

「そんな疑いを持たれているんなら、なおさら、一刻も早く、連絡を取ってきて欲しいですねえ」

「そうなんだがねえ」

「いったい、何処で、何をしてるんですかねえ」

と、亀井は、電話口で、舌打ちをした。

その夜、八時頃に、坂本が、電話を掛けてきた。

「皆川が、二度目の寿司を食べたところがわかりました。来られますか？」

「どこですか？」

「熊本市内です。お迎えに、車を行かせますよ」

と、坂本は、いった。

パトカーが、迎えに来てくれて、十津川は、市内の問題の寿司店に、案内された。

熊本城から、歩いて、十二、三分。大きなアーケイドのある商店街の一角にあった。

坂本が、手をあげて、店の中に、招じ入れた。

「江戸前寿司くまもと」という店だった。

店の主人は、五十歳ぐらいの男で、東京から、五年前に、引越して来て、この店を開いたということだった。

「皆川は、ここに、二十日の午後九時頃に来ていることがわかったんです」

と、坂本が、いった。

「ひとりでですか？」

「そうです。ひとりだったということです。食べた寿司は、胃の中の内容物と同じものなんですが、電話が、掛っているんです。皆川にです」

と、坂本は、いい、店の主人に、

「もう一度、さっきの話を、して下さい」

と、頼んだ。

「二十日の午後九時半頃でしたかねえ。電話があって、お客の中に、広田敬という人がいたら、呼んでくれというんです。それで、広田さんいますかときいたら、その写真の男の人が、返事をされたんですよ」

と、店の主人は、十津川を見て、いった。

「それは、男の声でしたか？　それとも、女の声でしたか？」

「男の人の声でしたね」

「名前をいってましたか？」

「いや、いわなかったけど、電話に出たお客が、『橋本さん』と、いってましたよ」

「橋本？」

十津川の表情が、険しくなった。

「そうです。『橋本さん』と、呼びかけていましたね」

「それ、間違いないんですか？」

「ええ。間違いありませんよ。私の親戚に、橋本という男がいるので、ああ、同じ名前だなと、思いましたからね」

「そのあと、何といったんですか？」

「なんでも、熊本城の前で待っていたのに、来なかったじゃないかと、怒っていましたね」

「他には、何といっていたんですか？」

「それから、『三千万円を忘れるな』ともいっていましたね。それで、へえ、三千万かと、思いましたよ」

「ほかには？」

「最後は、会う時間を、いっていたみたいですよ。十時とか、十一時とか、時間を、いっていましたから」

と、店の主人は、いう。

「どう思いますか？」

坂本警部が、十津川を、見た。

「これは、別人ですよ」

と、十津川は、手を振るようにして、いった。

「しかし、十津川さん。橋本という名前は、そう多くはないと思いますが」

「だが、橋本は、小寺ゆう子に頼まれて、皆川と高杉あき子を、追いかけていたんです。皆川は、広田という偽名を、使っていましたが」

「三千万円のことも、知っていましたよ」

「そうですが、彼は、二十日の午後に頼まれて、二十一日に、九州に向ったんです。由布院―阿蘇―熊本―天草と、二人の追跡をしていたんですよ。ぜんぜん、日時が、合わないじゃありませんか」

と、十津川は、いった。

「そうともいえませんよ」

坂本は、難しい顔で、十津川を、見た。

十津川は、困惑した顔で、

「なぜですか？」

と、きいた。

「それは、署に行って説明します」

と、坂本は、いった。

捜査本部に行き、お茶が出されてから、坂本は、

「確かに、二十一日から、橋本豊は、九州を、廻り歩いています。それは、調べました。間違いなく、由布院で一泊し、次に、阿蘇へ行き内牧温泉で一泊、次に、熊本を通って、天草へも行っています。しかし、肝心の二十日の行動は、わかっていないんです」

「二十日の午後、小寺ゆう子が、やって来て、三千万円を取り戻して欲しいと頼んだんですよ。橋本は、それを引き受けて、二十一日から動き出したんです」

と、十津川は、いった。

だが、坂本は、更に、言葉を継いで、

「二十日の午後、小寺ゆう子が、依頼しに来た証拠があれば、別ですが、今のところ、

彼女も行方不明ですからね」

　と、いう。

「どうしても、橋本が、怪しいというわけですか？」

「あの寿司店の主人の証言を、無視するわけには、いきませんからねえ」

「あの男が、嘘をついているとは、思わないんですか？」

　と、十津川は、きいた。

「あの周辺で、聞いてみましたが、あの男は、評判がいいし、今度の件で、嘘をつかなければならない理由は、ないんです」

「しかし、どこかで、今度の事件に、関係しているかも知れませんよ」

「その点は、もちろん、調べてみますが、私は、本当のことを、いっていると、思いますね」

　と、坂本は、いった。

　どうやら、坂本も、熊本県警も、橋本に、的をしぼるつもりらしい。

（困ったな）

　と、思って、旅館に帰ると、十津川は、すぐ、亀井に、電話を掛けた。

「橋本君が、早く姿を現わさないと、完全に、犯人にされてしまうよ」

と、十津川が、こぼすと、亀井は、電話口で、しばらく考えていたが、

「私と、西本刑事は、二十一日の昼、羽田空港で、彼に会っていますよ。熊本行の便に、乗ろうという時でした。二十日の夜、熊本で、殺人をやって、二十一日の昼、羽田から、発《た》てないんじゃないですか？」

と、いった。

「そうだったね。二十一日、君と、橋本君は、何時の便に、乗ったんだっけね？」

と、十津川は、きいた。

「一三時〇〇分の熊本行です。橋本君は、確か、一二時三五分の大分行に、乗るんだと、いっていましたよ」

「十二時過ぎか――」

「駄目ですか？」

「いや、少しは、彼のためになると思うよ」

と、十津川は、いった。

電話をすませると、十津川は、旅館の時刻表を借りて来て、調べてみた。

橋本のアリバイが、成立するかどうかをである。

熊本県警は、橋本が五月二十日に、熊本で、皆川を殺したと思っている。

五月二十日の午後十時から十一時の間にである。

もし、橋本が、この犯人なら、翌二十一日の一二時三五分羽田発大分行の飛行機には、絶対に乗れないことを、証明出来ればいいのである。

だが、時刻表を見て、十津川は、がっかりしてしまった。

熊本→東京には、次の飛行便があることが、わかったからである。

九時〇〇分→一〇時二五分
一二時五〇分→一四時二〇分

この他に、三本、出ているが、いずれも、もっと、おそい便である。

九時〇〇分の便だけが、重要だった。これに乗れば、一〇時二五分には、羽田に着いてしまうのだ。

二十日の夜おそく、熊本で、皆川を殺しても、翌二十一日の、この便で、羽田へ戻れば、何の苦もなく、一二時三五分発の大分行に乗れるし、その少し前に、羽田の空港ロビーで、亀井と、西本の二人に、会うことも、出来たのである。

（まずいな）

と、十津川は、思った。

熊本県警は、きっと、この時刻表を見て、橋本に、アリバイが無いと、主張するだろうと、思ったからである。

(それにしても、橋本の奴、何処にいるんだろう?)

と、思う。

きっと、自分がそんな窮地に立っていることなど、知らずにいるに違いない。

(早く出て来て、連絡してくれ)

とも、思った。

午後十一時を、過ぎてからだった。

突然、電話が鳴り、十津川が、寝床に入ったまま、手を伸ばして、受話器を取ると、坂本警部の声が、飛び込んできた。

「橋本豊を見つけましたよ。いや、橋本豊を逮捕しました」

第五章　逮　捕

1

十津川は、すぐ、タクシーを呼んで貰い、捜査本部に、駈け付けた。

坂本が、十津川を迎えて、

「お気の毒ですが、橋本豊を強盗殺人の容疑で、逮捕しましたよ」

と、宣言するように、いった。

「彼は、どこにいたんですか？」

と、十津川は、きいた。

「午後十時頃、三角《みすみ》近くの海沿いの道を、ひとりで歩いていました。天草五橋の方向にです。挙動が不審なので、通りかかった警官が、職質して、橋本豊と確認し、逮捕したわけですよ」

「今、訊問中ですか？」

「そうです。私が、簡単な訊問をし、今、刑事部長が、訊問しています」

「まさか、彼は、皆川と、高杉あき子を殺したと、自供したわけじゃないでしょうね？」

「それは、否定しています。しかし、彼は、内ポケットに、百五十万円近い現金を、持っていましたよ。三千万円の一部であることは、まず、間違いないと思いますね」

と、坂本は、確信をこめて、いった。

「小寺ゆう子は、一緒にいなかったんですか？」

と、十津川は、きいた。

「別れたといっていますが、どこで別れたのか、いわんのですよ。ひょっとすると、彼女も、殺してしまったのかも知れません」

と、坂本は、いう。

十津川は、むっとしながら、

「橋本が、小寺ゆう子を殺す理由がないでしょう？」

「それは、どうですかね？　小寺ゆう子は、橋本に、三千万円を取り返して欲しいと、頼んだわけでしょう。橋本が、それを、猫ババしていたとすれば、彼女に、それを問い詰められて、殺してしまったことは、十分に、考えられますよ」

と、坂本は、いった。

「橋本は、なぜ、夜の十時に、三角の海岸通りを、歩いていたのか、いいましたか？」

「それが、要領を得ない返事でしてね。何も覚えていないというだけなんですよ。本当に、何も覚えていないとは、信じられませんがね」

「あとで、橋本に、会わせて貰えますか？」

と、十津川は、いった。

「合同捜査をしているわけですから、構いませんが、橋本豊は、強盗殺人容疑で逮捕したことは、覚えていて下さい」

坂本は、釘をさすようないい方をした。

橋本に会わせて貰うまでの間、十津川は、亀井に、連絡を取った。

亀井も、びっくりしたらしく、

「なぜ、彼は、そんなところを、ひとりで歩いていたんですか？」

「これから、彼に会うから、きいてみるつもりだがね。熊本県警は、強盗殺人で、逮捕していたるんだ」

「小寺ゆう子の行方も、わからずですか？」

「ああ。ひょっとすると、東京に帰っているかも知れないから、彼女の自宅マンションを、調べてみてくれ」

と、十津川は、いった。

亀井への電話をすませて、間もなく、十津川は、橋本に、会うことを、許された。

橋本は、両手に手錠をかけられて、取調室にいた。

十津川は、坂本に、

「彼は、逃げませんよ」

と、いった。

坂本が橋本の手錠を、外してくれた。

「元気で、安心したよ」

と、十津川は、わざと、明るく話しかけた。

橋本は、ぼんやりした眼を、十津川に向けた。眼つきが、おかしかった。なにか、焦点の定まらない眼つきだった。

「私がわかるね？」

と、十津川は、橋本の顔を、のぞき込むようにして、きいた。

「わかります」

と、橋本は、いった。その声が、不安定だった。

(クスリでも飲んでるのか?)

と、思いながら、十津川は、

「君は、今夜、三角近くの海岸を歩いていたんだ。天草五橋の方向にだよ。なぜ、そんなところを歩いていたんだ?」

と、きいた。

橋本は、眉間《みけん》に、しわを寄せ、必死に考えているようだったが、

「わかりません」

「何処へ行こうとしていたのかも、覚えていないのかね?」

「わかりません」

と、橋本は、繰り返した。

「クスリでも、飲まされたんじゃないのかね?」

「それはないと思いますが、気がついたら、あんなところを、歩いていたんです」

「小寺ゆう子と、熊本で会っていたね?」

「それは、覚えているんですが――」

「どこから覚えていないんだね？」

「それが、わからないんですよ。小寺ゆう子に会って、いろいろと、話をしたのは、覚えているんですが、そのあとが、急に、ぼんやりしてしまって――」

「ちょっと待て」

と、十津川は、急に立ち上ると、橋本の背後に廻った。

さっきから、橋本が時々、後頭部に手をやっているからだった。

「頭が痛くないかね？」

「間欠的に、痛みが走りますが」

と、橋本が、いう。

「そうだろうと思うよ。後頭部に、大きなコブが出来てるよ」

「本当ですか？」

「覚えていないのか？」

「痛みは、ずっとあったんですが、殴られるとか、どこかに、ぶつけたといった記憶はないんです」

と、橋本は、いった。

「これは、殴られたんだよ。殴られて、一時的な記憶喪失になったんだと思うね」

と、十津川は、いった。

「参りました。こんなことは、初めてです」

「誰かが、君を殺そうとしたんだと思うね。内ポケットに、百五十万円入っていたというんだが、それも、覚えていないのか?」

「覚えていません」

橋本は、頭を振った。が、すぐ、痛そうに、顔をしかめた。

「小寺ゆう子に頼まれて、君は、皆川という男と、高杉あき子という女を、追っていたんだが、それは、覚えているかね?」

十津川は、最初から、きいてみることにした。

「それは、覚えています。三千万円を持ち逃げした人間を、追いかけていました」

「どんなルートを、追ったか、覚えているかね?」

と、きくと、橋本は、眉を寄せて、考えていたが、

「確か、由布院—阿蘇—天草と、廻った筈ですが」

「そうだよ。ちゃんと、覚えているじゃないか」

「しかし、依頼された三千万円は、取り戻せなかったんだと思います」

と、橋本は、いった。

「そうだよ。君が追いかけていた男女だが、いずれも、殺されてしまった」

「それは、知っています」

「知っているのか？」

「訊問した、ここの刑事が、教えてくれましたから」

と、橋本は、いう。

「ここの警察は、君が、二人を殺したんじゃないかと、疑っているんだ」

「そうらしいですが、私は、関係ありません」

「私も、君が殺したなどとは、思っていないんだが、問題は、五月二十日なんだ。二人とも、五月二十日に、殺されているからね」

「その日は、小寺ゆう子が、仕事を、頼みに来た日です。翌日、由布院へ出発しました。だから、私が、二十日に、九州で、二人の人間を殺せる筈がないんです」

と、橋本は、いった。

「私も、そう思うが、証人が、いるかね？　二十日に、東京を離れなかったという証人だが」

「それなら、依頼人の小寺ゆう子がいます。彼女が、二十日の午後にやって来て、私に、三千万円を取り戻してくれと、頼んだんですから」

「その小寺ゆう子が、なかなか、見つからないんだよ」

と、十津川は、いった。

「彼女も、私と同じように、誰かに、殴られたんでしょうか？」

橋本は、心配げな顔付きになった。

「どうして、そう思うのかね？」

「私も、彼女も、何かの犯罪に巻き込まれたような気がするからです」

「小寺ゆう子も、殺されていて、その犯人も、君だと、ここの刑事は、考えているようだがね」

「本当ですか？」

「ああ」

「しかし、なぜ、私が、依頼人まで、殺さなければならないんですか？」

橋本は、時々、頭に手をやりながら、十津川に、きいた。顔をしかめるのは、まだ、頭痛がするのだろう。

「いいかね。君が、頼まれた三千万円を、猫ババしたと、思っている。依頼人の小寺ゆう子に、それを咎《とが》められたので、彼女まで、殺したと思っているのさ」

と、十津川は、いった。

「私は、三千万円なんか、猫ババしていませんよ」

「しかし、ポケットの百五十万円については、覚えていないんだろう？」

と、十津川は、きいた。

「覚えていません。記憶が、真っ白になっている部分があるんです」

「とにかく、小寺ゆう子が、生きていてくれると、君の無実が、証明できるんだがね」

と、十津川は、いった。

2

東京で、亀井は、小寺ゆう子の自宅マンションに、電話を掛けた。

これで、五回目である。

（どうせ、また、留守だろう）

と、思っていたのだが、意外に、

「もしもし」

と、相手が出た。

亀井の方が、あわててしまって、

「どなたですか？」

と、きいてしまった。

「そちらが、おかけになったんですよ」

と、女の声が、いった。

「小寺ゆう子さんですか？」

「ええ」

「私は、警視庁捜査一課の亀井といいます。とにかく、すぐ、お会いしたいんですがね」

「熊本で起きた事件のことですか？」

「そうです」

「三千万円は、見つかりましたの？」

「それは、まだですが、とにかく、これから、伺います」

と、亀井は、いった。

パトカーを飛ばして、小寺ゆう子のマンションに、急行した。

ゆう子は、落ち着いた様子で、亀井を迎えた。

熊本県警に逮捕された橋本のことを心配している亀井にしてみると、相手の落ち着きが、何となく、腹立たしくて、自然に、とがった眼になってしまった。

「いつ、帰られたんですか？」

と、亀井は、訊問口調で、きいた。

「二時間ほど前ですわ」

「橋本とは、どこで別れたんですか？」

「熊本で、別れましたわ。彼は、もう少し、三千万円を探すといって、向うに、残ってくれたんです」

と、ゆう子は、いう。

「あなたは、なぜ、帰京したんですか？」

と、亀井が、きくと、ゆう子は、眉をひそめて、

「何を、怒っていらっしゃるんですか？」

「橋本は、逮捕されたんですよ。熊本県警に」

と、亀井は、いった。

「なぜ？」

「皆川と、高杉あき子を殺し、三千万円を奪った容疑でですよ」

「本当に、そんなことしたんですか？　あの人」

ゆう子は、眼を丸くして、亀井を見た。

「橋本は、そんな男じゃありません」

「それなら、すぐ、釈放されますわ。ご心配なさらなくても」

と、ゆう子は、いった。

「そのためには、あなたの証言が、必要なんですがね」

と、亀井が、いうと、ゆう子は、微笑して、

「私が、何かいえばいいのなら、喜んで、お役に立ちたいと、思いますわ」

と、いった。

「それなら、助かります。あなたが、橋本に、調査を依頼された日は、五月二十日でしたね？」

と、亀井は、まず、きいた。

ゆう子は、「ちょっと、待って下さい」と、いい、ハンドバッグから、手帳を取り出して、見ていた。

「違いますわ。私が、橋本さんをお訪ねしたのは、五月十九日です」

「二十日じゃないんですか？」

と、亀井は、きいた。

「いいえ。十九日です。ちゃんと、手帳に書いてありますわ」

「しかし、橋本は、二十日に、あなたが見えて、三千万円を取り返して欲しいと、依頼されたと、いってるんですがね」

「それは、あの方の勘違いですわ。私が、お願いしたのは、十九日なんです」

「しかしねえ。彼は、二十一日から、由布院―阿蘇―天草と、二人を追いかけているんですよ。十九日に引き受けたのなら、二十日に、由布院へ飛んでいるんじゃありませんか？」

亀井が、きくと、ゆう子は、真顔で、

「私も、それが、不思議なんですわ」

「あなたも？」

亀井は、不審気に、ゆう子を見た。

「ええ。十九日に、お願いしたんで、翌日、九州へ飛んで下さると思っていたんです。そうしたら、夜になって、電話が入って、都合で、明日は、行けなくなった。二十一日から、二人を探すと、いわれたんですよ」

「橋本は、そんなことを、いったんですか？」

「ええ。どんな都合かは、お聞きしませんでしたけど」

と、ゆう子は、いう。

「妙ですねえ」

「妙なことは、まだありますわ」

ゆう子は、声をひそめるようにして、いった。

「何ですか？」

「これですわ」

と、ゆう子は、ワープロで打った由布院↓阿蘇↓天草の例のスケジュール表を、取り出して、亀井に見せた。

「これは、皆川、いや、広田が、青の洞門近くのレストランに、置き忘れていったものでしょう？」

「それもあったかも知れませんけど、私が、十九日に、お願いに行った時、お持ちしたものですわ」

「本当ですか？」

「ええ」

「しかし、橋本は、二十二日に、青の洞門近くのレストランで、見つけたと、いっているんですよ」

と、亀井は、いった。

「私も、それが、不思議で、仕方がないんですよ。十九日に、参考にして下さいといって、お渡ししたのに」

「十九日に、渡したとすると、あなたは、これを、どこで見つけたんですか？」

と、亀井は、きいた。

「高杉あき子が、三千万円を持ち逃げしたあと、彼女のまわりを調べていたら、このスケジュール表が、見つかったんですよ。きっと、連れの男が、作ったものに違いないと思いましたわ。それで、橋本さんに、先廻りして捕えてくれないかと、頼んだんです」

と、ゆう子は、いう。

「先廻り？」

「ええ。彼女と、広田が、そのスケジュール表通りに逃げているとすれば、二十日に、天草か熊本に着いている筈だから、そちらへ、先廻りして、三千万円を取り返して下さいって、お願いしたんですわ」

「橋本は、何といいました？」

「このスケジュール表のコピーを、持って行きましたけど、二十日は、今いったように、用事が出来て駄目、二十一日から、二人の足跡を、地道に、追っかけて行くと、いうんです。このスケジュール表が見つかっているのに、もったいないと思ったんですけど、向うは専門家だと思って、それ以上の口出しは、しなかったんですわ」

「なぜ、あなたが、二十日に、熊本か、天草へ先廻りして、三千万円を、取り返そうとしなかったんですか？」

と、亀井は、きいた。

「私には、東京に仕事がありましたし、相手は、男と一緒に逃げているんです。女一人では、戦えませんわ」

「その後、熊本で、あなたは、橋本に、会いましたね？」

と、亀井は、質問を変えた。

「ええ。橋本さんから、連絡があったので、飛んで行きましたわ」

「そのあと、どうしたんですか？」

「橋本さんは、私を、天草へ連れて行って、二人が、パールの指輪を買ったパールセンターを、案内してくれました。そのあと、彼が、三千万円を探すというので、頼んで、帰って来たんです」

「その時、彼に、百五十万円、渡しましたか？」

「いいえ。成功報酬の契約はしましたけど、まだ、三千万円は、見つけて下すっていませんから」

と、ゆう子は、いう。

「熊本で別れる時、橋本は、何かいっていませんでしたか？」

と、最後に、亀井は、きいた。

「いいえ。ただ、必ず見つけると、いってくれましたわ」

と、ゆう子は、いった。

3

「困ったことになりましたよ」

と、亀井は、ゆう子に会ったあと、すぐ、熊本にいる十津川に、電話を掛けた。

「橋本君のことか？」

「そうです。小寺ゆう子は、彼に、仕事を頼みに行ったのは、十九日だといっています。それなのに、彼は、翌日から、仕事にかかってくれず、二十一日からにしたというんです」

「うまくないね」

「それだけじゃありません。例のスケジュール表を、十九日に、参考にしてくれといって、彼に渡したと、いっているんです」

と、亀井は、伝えた。

「つまり、橋本君は、二十日に、天草へ飛んで行って、皆川と、高杉あき子に接し、三千万円を奪ったんじゃないかと、小寺ゆう子は、暗に、いっているんだな？」

「そうです」

「彼女は、熊本県警へも、同じことを、いう気かな？」

「私が、帰りかけた時、熊本県警から、電話が入りましたよ」

と、亀井は、いった。

「それで、彼女は、熊本へ来るのかね？」

「証人として、呼ばれていますから、行くと思いますね。私も、そちらに行きますか？」

と、亀井が、きいた。

「ああ、カメさんにも、来て貰いたいが、飛行機で来るんだったら、五月二十日に、橋本君が、熊本行に乗らなかったかどうか、羽田で、調べて貰いたいんだよ」

と、十津川は、いう。

「警部は、橋本君が、犯人だと、お考えなんですか？」

亀井は、びっくりして、きいた。

「いや、それは、考えてないさ。だがね。こちらでも、困ったことがあるんだよ。君と電話で、話したろう。彼のアリバイのことだ」

「二十一日の朝の飛行機で、熊本から羽田に戻れば、一二時三五分発の大分行に、ゆっくり乗れるというアリバイ作りのことですね」

「そうだよ。気になるので、二十一日の午前九時〇〇分の飛行機について、調べてみたんだよ。この熊本↓羽田の便に、橋本が、乗っていないかどうかをだよ」

「まさか、彼が、乗っていたなんて、いわれるんじゃないでしょうね？」

と、亀井が、きいた。

「確かに、乗客名簿に、橋本の名前はなかったがね。スチュワーデスの証言だと、彼によく似た男が、サングラスをかけて、乗ったといっているんだ」

「橋本に似た顔立ちの男は、沢山いますよ」

「ああ。わかってる。その男は、三谷淳《みたにじゅん》という名前で、予約電話番号から探ってみると、住所は、東京都世田谷区辺りだが、この電話番号は、でたらめだった」

と、十津川は、いった。

「では、明日、羽田で、二十日の熊本行の便に、同じ三谷淳という男が、乗らなかったかどうか、調べてから、そちらに行きます」

と、亀井は、いった。

翌日、亀井は、朝早く、羽田空港に行き、二十日の熊本行の各便について、乗客名簿を見せて貰った。

十津川のいった三谷淳という名前がないことを祈っていたのだが、二十日の一〇時一〇分の便に、同じ名前が、のっていた。

その予約電話番号も、十津川が調べた通り、でたらめだった。

この便は、日本エアシステムで、一二時〇〇分に、熊本に着く。

亀井が、礼をいって、その名簿を、返した時、出発ロビーに、小寺ゆう子の姿が、現われた。

これから、熊本県警へ行くのだろう。

亀井は、同じ一〇時一〇分の便に、乗ることにした。

「昨日は、どうも」

と、亀井の方から、声をかけた。

「刑事さんも、熊本へですか？」

「そうです。向うに、上司の十津川警部が、行っているんですよ」

「橋本さんを、守りに行ってらっしゃるのかしら？」

「それだけじゃありませんが、彼のことも、心配しています」

「でも、私は、向うできかれたら、正直に、何もかも、話しますわ。申しわけありませんけど」

と、ゆう子は、眼を光らせて、亀井に、いった。

「それは、あなたのご自由です。ただ、正直に、証言して下さい」

「もちろんですわ」

「一つ、昨日、きき忘れてしまったことがあるんですが」

と、亀井は、いった。

「どんなことでしょうか？」

「高杉あき子は、会社の金を、三千万円、持ち逃げしたんでしたね？」

「ええ」

「しかし、あなたの会社というのを、調べてみましたが、実体がないみたいですね。いわゆる幽霊会社だ。あれは、どういうことなんですか？」

と、亀井は、きいた。

ゆう子は、平然とした顔で、

「今の世の中は、大きな会社だからといって、儲かっているとは限りませんわ。特に、宝石みたいな高価な品物は、別に店が無くても、鞄《かばん》一つで、商売は、出来ますわ。それも、一億、二億の取引でも」

「つまり、あなたは、宝石を、売っているというわけですか？」

「例えばですわ。今は、情報だって、それが、貴重なものなら、大金で売れますわ。だから、別に、店や、会社がなくても、大金は動くし、三千万円のお金を持ち逃げされることだって、ありますわ」

ゆう子は、微笑した。

わかったようで、わからない話だなと、亀井は、思った。現代が、情報の時代だというのは、よくわかる。その情報に、値打ちが出ることだって、あり得るだろう。だが、ゆう子の話は、具体性がないのだ。

「あなたの会社は、どちらなんですか？　宝石を売っているんですか？　それとも、

「情報を売っているんですか？」

と、亀井は、きいた。

「情報と、考えて下さい。いわゆるハードじゃなくて、ソフトを売っている会社ですわ。内容については、企業秘密ですので、申しあげられませんけど」

ゆう子は、涼しい顔で、いった。したたかな感じだった。

4

熊本までの機内では、席が離れていて、亀井は、彼女と、話をすることが出来なかった。

熊本空港に着くと、彼女は、さっさと、タクシーに乗ってしまった。

亀井は、迎えに来てくれていた十津川に、空港内の食堂で、少し早い昼食をとりながら、改めて、ゆう子の証言について、説明した。

「五月十九日に、依頼したという証言は、崩さないだろうと、思いますね」

と、亀井は、いった。

十津川は、重い口調で、「そうか」と、肯《うなず》いた。

「十九日に、頼んでいれば、二十日に、熊本へ来られるわけで、橋本君のアリバイが、無くなってしまうね」

「それに、警部のいわれた三谷淳という男が、二十日に、熊本行の飛行機に、乗っていました。今日、私が乗って来たのと同じ便です」

と、亀井は、いった。

「サングラスをかけた、橋本君に似た男か？」

「それは、わかりませんでしたが――」

「二十一日朝の便の三谷淳とは、よく似ているらしい」

「どういうことなんでしょうか？」

「一つだけ考えられることは、最初から、仕組まれていたということだね」

と、十津川は、いった。

「橋本君を、罠《わな》にはめるようにですか？」

と、亀井が、きく。

「彼によく似た男まで、用意されていたとすると、完全に、仕組まれたと、考えるより他はないいんじゃないかね」

「皆川と、高杉あき子を殺すために、そんなことを、したんでしょうか？」

「だろうね」

「するど、三千万円というのは、どうなるんでしょうか？　あれも、全く、架空のものだったんでしょうか？」

と、亀井が、きいた。

「それが、わからないんだよ。皆川が、逃亡の途中で、どこかに電話を掛けて、三千万円という数字を、いっていたようだからね。もう一つ、皆川は、熊本市内の寿司屋で、電話を掛けて来た男に、『橋本』と、呼びかけている。あれも、よくわからん」

十津川は、小さく、首を振った。

わかっているのは、橋本が、窮地に立たされているということだった。

十津川と、亀井が、捜査本部に着くと、県警の坂本警部が、嬉しそうに、

「何とか、橋本豊の容疑が、かたまりそうです」

と、いってから、

「十津川さんには、お気の毒ですが」

と、付け加えた。

「事実が大事ですから、私に、遠慮されることは、ありませんよ」

「それを聞いて、ほっとしましたよ。彼は、間違いなく、五月二十日に、熊本へ来て

いることが、わかりました。二十日に、皆川と高杉あき子の二人を殺し、三千万円を奪ったことは、まず、間違いありませんね。これから、彼の隠した三千万円が見つかれば、事件は、完全に、解決したことになります」

坂本は、張り切って、いった。

「橋本は、否定しているんでしょう？」

「ええ。否定していますがね」

「東京の彼の自宅を、捜査するんですか？」

「刑事を二人、東京にやって、調べさせます」

と、坂本は、いった。

「小寺ゆう子は、やはり、十九日に、橋本に依頼したと、証言しているわけですか？」

十津川は、念のために、きいた。

「そうです。皆川が作ったスケジュール表についても、その時に見せて、すぐ、熊本か、天草に行って、二人を捕えてくれと、頼んだそうです。それなのに、彼は、二十日には、別の用事があるといって動かず、二十一日になって、出かけたといっていま す。それも、なぜか、まっすぐ、熊本へ行ってくれず、二人の後を追いかけるように、のんびり、由布院—阿蘇—天草と、廻って行ったと、証言していますよ。事実、その通りですから、彼女の証言は、信頼できると、考えています」

「彼女の会社については、どういっているんですか？　幽霊会社であることを、認めましたか？」

と、十津川は、きいた。

坂本は、首を横に振って、

「彼女の自宅マンションが、会社だそうですよ。最近は、それでも、大きな商売が出来る時代になったんですね。今は、何かを作って売らなくても、情報を持っていれば、いくらでも、金儲けが出来るんだそうです。なかなか、参考になりましたよ」

「具体的に、彼女は、話をしたんですか？」

「一つだけ、例をあげてくれました」

と、坂本はいい、コピーされた五、六枚の書類を、十津川に、見せた。

「何ですか？　これは」

「彼女が、参考にといって、持って来てくれたものです。もう古くて、売り物にはならないそうですが、東京中の大企業の中堅社員で、定年間近の人たちのリストの一部だそうです。定年になった時の退職金の予定額から、家族構成、資産まで、全て、書かれています。これが、よく売れたそうですよ。こうしたものは、学生を大量に、パートで採用して、調査させたので、別に、会社といったものは、必要ないんだそうです」

「三千万円についての説明は、あったんですか？」

と、十津川は、きいた。

「それはありませんがね。彼女は、今いったような情報会社をやっているんですが、去年の売りあげは、二億五千万はあったそうで、その中の三千万円を、持ち逃げされたと、いっていますね」

坂本警部は、ゆう子の話を、うのみにしているような、いい方だった。

その先は、十津川に悪いと思ったのか、付け加える形で、

「もちろん、五月二十日について、橋本豊に、ちゃんとしたアリバイがあれば、話は別ですが、今のところ、一日中、自宅マンションにいたというだけのことですからね」

「午後、小寺ゆう子が、調査の依頼に、訪ねて来たとも、いっている筈ですが」

と、十津川は、いった。

「ええ。それは、いっていますが、何しろ、依頼主の小寺ゆう子の方が、訪ねたのは、

前日の十九日だと、主張していますのでね」

「彼女の話の方を、信用されたわけですか?」

と、十津川は、別に、咎める気ではなく、きいた。

「止むを得ませんね。彼女の話の方が、筋が通っていますのでね。われわれとしても、前に刑事だった橋本豊の話を、信用したいとは思うんですが、筋が通っていませんのでね」

「すぐ、起訴ですか?」

「いや、一応、五月二十日に、橋本が、熊本なり、天草なりに、来ていないかどうか、調べてみるつもりです。恐らく、飛行機で、東京から、熊本へ来ていると、思いますのでね」

と、坂本が、いう。

(うまくないな)

と、十津川は、思った。きっと、乗客名簿の中に、三谷淳という人物を見つけ、それを、橋本と、断定するに、違いないと、思ったからである。

5

十津川の嫌な予感が、当ってしまった。

夜になって、坂本が、嬉しそうに、五月二十日の羽田↓熊本の乗客名簿の写しを、見せたからである。

「この一〇時一〇分の日本エアシステムの便で、三谷淳という名前の男が、熊本へ来ていますが、面白いことに、この男は、翌日の二十一日の朝、九時〇〇分の全日空の便で、熊本から東京へ行っているのです」

「これが、橋本だと、いうわけですか？」

と、十津川は、きいてみた。

「そうです。スチュワーデスに、橋本の写真を見せたところ、サングラスをかけていたが、よく似ていると、証言しています。また、予約名簿に載っていた電話番号を調べたところ、これが、でたらめだと、わかりました」

坂本は、どうだという表情をして、十津川に、いった。

「この三谷淳が、橋本豊であるという確証は、ないわけですね？　今のところは、顔がよく似ているというだけで」

と、十津川は、いった。

「それで、十分だと思いますがね。われわれは、この三谷淳が、橋本豊だと、確信していますよ。小寺ゆう子から、三千万円持ち逃げの話を聞いて、橋本は、それを、猫ババすることを考え、翌二十日に、熊本に飛び、皆川と高杉あき子を、見つけたんだと思いますよ。そして、まず、高杉あき子を、天草で溺死させ、次に、熊本城内で、皆川を、殺したんです。もちろん、三千万円は、奪い取り、何くわぬ顔で、翌二十一日の朝、九時〇〇分の飛行機で、東京に、帰ったんです。そのあとが、橋本のずるいところで、依頼主の指示に従う形で、九州で、二人を、探し始めたわけです。自分で、殺しておきながらです」

と、坂本は、いった。

「皆川が、熊本市内の寿司屋で、電話を掛けてきた男に、『橋本さん――』と、話しかけたのは、どう思うわけですか?」

と、十津川は、きいた。

坂本は、待っていましたというように、

「それも、橋本が、犯人とすれば、簡単に説明がつくんですよ。橋本は、熊本で、二人を見つけたが、二人を同時に、殺すことは出来ない。そこで、まず、皆川を買収したんじゃないか。高杉あき子を殺して、三千万円を、山分けしようと、持ちかけた。そうしておいて、まず、高杉あき子を、天草へ連れて行って殺し、次に、寿司屋で待っている皆川に、連絡した。熊本城へ呼び出して、殺し、翌日、三千万円を、ひとり占めにして、帰京した。これが、事実だと思いますよ」

「皆川が、青の洞門の横のレストランで、誰かに電話を掛けて、『三千万――』と、いっていたのは、どう解釈されているんですか？」

と、十津川は、彼に、きいた。

「これは、恐らく、自分の女に、連絡したんでしょう。三千万円が欲しくて、高杉あき子に、くっついて、九州へ逃げたが、彼女を愛していたとは、思われませんからね。本当の恋人に、今に、三千万円を持って、会いに行くと、連絡したんだと思いますね。他に、考えられませんよ」

と、あっさり、坂本は、片付けた。

県警全体の空気も、坂本と同じものだった。

本部長も、橋本豊を、犯人と、断定したようだった。強盗、殺人容疑である。

「これから、どうしますか？」

と、亀井が、重い口調で、十津川に、きいた。

「橋本君は、シロだよ。それを、前提にして考えれば、小寺ゆう子が、嘘をついていることになってくる」

「それを、証明するのが、われわれのこれからの仕事になって来ますね」

「なぜ、彼女は、あんな嘘までついて、橋本君を、罠にはめたかだな」

と、十津川は、いった。

「橋本君は、前に、小寺ゆう子に会ったことがないと、いっていますから、個人的な恨みではないと思います」

「すると、利用されたということだね」

「なぜ、彼に、眼をつけたんでしょうか？」

「それも、知りたいね」

と、十津川は、いった。

翌日になると、状況は、ますます悪くなっていった。

熊本県警の刑事二人が、東京に行き、蒲田にある橋本の自宅マンションを調べたところ、兼事務所になっている居間のテレビの裏側から、二千四百万円の札束が、見つかったからである。

三千万円には、六百万円足りないが、それは、橋本が、百五十万円、持っていたり、殺された高杉あき子が、ハンドバッグに、二百万円入れていたり、或いは、彼女が、黒真珠の指輪を買ったりしているからだろうということになった。

「これで、証拠は揃いましたから、起訴に持っていきますよ」

と、坂本警部は、十津川に、いった。

第六章　過去を追う

1

橋本が、罠《わな》にはめられたことは、明らかだった。

もちろん、真犯人は、別にいるのだ。恐らく、彼に、三千万円の奪回を頼んだ小寺ゆう子も、犯人の仲間に違いない。

十津川は、そう考えたのだが、熊本県警は、頑として、橋本犯人説を、変えなかった。

熊本県警だけではなかった。十津川は、急遽《きゆうきよ》、東京に戻ったのだが、上司の三上《みかみ》刑事部長も、橋本が、犯人と思うと、いった。

「彼が、昔、うちの刑事だったことは知っているし、優秀な刑事だったことも、覚えているよ。しかし、私立探偵の仕事は、あまり、うまくいってなくて、金に困っていたんじゃないのかね？」

と、三上は、いう。

「そうかも知れません。しかし、橋本は、金に困っていても、不正な金に、手を出したりはしません。まして、殺人を犯す筈がありません」

十津川は、三上の顔を、まっすぐに見つめた。

「君の気持もわかるが、最近の橋本については、何も、わかっていないんだろう？」

「熊本で、会って話をしています」

「だが、それも、事件があったからだ」

「それは、そうですが」

「橋本は、借金があるのかどうか、女性関係は、どうなっているのか、そういうことは、わかっているのかね？」

「正直にいって、わかりません」

「人間は、変るものだよ」

と、三上は、いった。

「しかし、あの男の根本のところは、変っていないと、信じています」

と、十津川は、いい返した。

「そんな感情論じゃ、どうにもならんよ。冷静に、事実を見てみたまえ。橋本の自宅マンションから、二千四百万円の札束が見つかっている。彼と思われる男が、五月二十日に飛行機で、熊本に赴き、翌朝、引き返している。こういうことを、どう弁明できるのかね?」

「全て、計算の上で、橋本を、罠にはめたんだと、思います」

「誰が、何のために、そんなことをしたというのかね?」

と、三上が、きいた。

「皆川と、高杉あき子を殺して、三千万円を手にしたい人間が、橋本を利用したんです」

「その三千万円は、どんな金なのか、わかっているのかね?」

「小寺ゆう子は、会社の金だといっていますが、私は、信じていません。不正な匂いのする金だと思っています」

と、十津川は、いった。

「熊本で、皆川は、電話を掛けてきた男に、橋本と、呼びかけているんだろう? このことを、どう説明するんだ?」

「わかりません」

「何もわからずに、橋本は、罠にはめられたというのかね?」

「今は、そうです。しかし、調べれば、その証拠はつかめると思っています。必ず、真犯人を、見つけ出しますよ」

と、十津川は、いった。

「しかし、熊本地検は、二、三日中に、橋本を、強盗殺人で、起訴する予定だ。それに、反論できる根拠は、ないんだよ」

「二日待って下さい。必ず、見つけます」

「見つけられなかったら、どうするつもりだね? ただ、熊本県警との間を、気まずくさせるだけじゃないのかね?」

「見つけてみせます」

と、十津川は、いった。

2

正直にいえば、十津川にも、自信がなかった。

橋本が、無実だという確信はあるのだが、二日間で、それを証明できる自信がないのだ。

三上部長は、一応、二日間の捜査に、同意してくれたが、熊本県警への配慮もあって、表立っての捜査は、困ると、釘をさされてしまった。

「ただ、やみくもに、動き廻っても、仕方がない」

と、十津川は、亀井に、いった。その言葉は、自分に、いい聞かせたと、いっても、よかった。

「これから、やるべきことを、考えてみようじゃないか」

「まず、小寺ゆう子の正体を、突き止めるのが先決だと思います。今度の事件の元凶は、あの女ですよ」

と、亀井が、いう。

「元凶か」

と、十津川は、苦笑しながら、小寺ゆう子という名前を、黒板に、書きつけた。

「広田敬こと皆川徹は、東京でホステスの井上綾子を殺した犯人と思われる男です。その男が、どうして、高杉あき子と結びついたのかも、わかりません」

と、亀井が、いった。

「わからないといえば、高杉あき子という女も、まだ、よくわかっていないんだ。小寺ゆう子は、会社の金三千万円を、持ち逃げしたといっているが、この会社自体が、怪しげだからね」

「しかし、三千万円は、現実に、見つかっています。もちろん、何者かが、橋本の自宅マンションに、隠しておいたんだと思いますが」

「あの二千四百万円は、小寺ゆう子の手元に返されたんだろう？」

「殺人事件の証拠品ですが、もちろん、あとで、返却されると思いますね」

「とすると、小寺ゆう子は、橋本を罠にはめるのに、見せ金として、使っただけなんだよ」

「そうです」

「小寺ゆう子の目的は、何だったんだろう？」

「皆川と、高杉あき子を殺すのが、目的だったと、思いますが」

「三千万円は、どう関係してくるんだ？」

と、十津川は、きいた。

「警部もいわれたように、全てが、橋本を罠にはめるためだったとすると、会社の金だというのは、嘘だと思います。橋本を欺《だま》すのに、もっともらしく話を作ったんじゃありませんかね」

「しかし、旅行の途中で、皆川は、誰かに電話を掛けて、三千万円という金額を口にしている。それを考えると、橋本を罠にはめるためにだけ口にした金額とも、思えなくなってくるがねえ」

と、十津川は、いった。

「あとは、橋本と思わせて、熊本行の飛行機に乗った男が、問題ですね。この男が、皆川と、高杉あき子を、殺した真犯人だと、思います」

「三谷淳という名前で、乗っていた男だね？」

「そうです」

と、亀井が、肯《うなず》く。

十津川は、黒板に、「三谷淳」と、書きつけてから、

「小寺ゆう子が、今度のことを、企んだとすると、この男は、彼女と、知り合いということになってくるな」

「ですから、彼女の周囲を調べていけば、見つかると、思います」

「この男が、橋本豊に、よく似ているというのは、偶然だろうか？」

と、十津川が、亀井に、きいた。

「いえ。偶然とは、思えません。あとになって、偶然、似ていたというのではなく、似ているので、利用したんだと、思いますね」

と、亀井は、いった。

「すると、こういうことかな。小寺ゆう子と、この男が、組んで、皆川と、高杉あき子を殺そうと、思っていた。たまたま、男が、橋本に似ているのを知り、橋本を、犯人に仕立てあげることを計画したと」

「それが、近いと思いますね」

「どうして、この二人が、橋本を知ったのかな？」

「小寺ゆう子には、初めて会ったと、橋本はいっていますから、男の方が、前に、何かの調査を、依頼したことがあるのかも知れません」

「その時、自分によく似た男だなと思い、それを、今度、利用したか？」

「かも知れませんし、どこかで、橋本を見かけて、尾行して、私立探偵とわかり、利用しようと、思ったのかも知れません」

と、亀井は、いう。

「その二つの線と、小寺ゆう子の周辺を調べていけば、男に、ぶつかる可能性があるね」

と、十津川は、いった。

まず、小寺ゆう子という女が、いったい、何者なのかを、調べることから、始めた。

そのために、西本と日下《くさか》の二人の刑事に、彼女を、二十四時間、尾行するように、指示しておいて、十津川は、ひとりで、彼女が、区役所に届けている本籍地、北海道の函館に、飛んだ。

亀井には、その間、熊本に行き、橋本に面会して、いろいろと、聞いて貰うことにしていた。

羽田から、函館まで、飛行機で、一時間二十分である。

昼前に着いた十津川は、ゆう子が、届けている住所に、タクシーを走らせたが、今は、マンションになっていた。

派出所で聞くと、彼女の両親は、すでに亡くなっているが、彼女の叔父夫婦が、JR函館駅近くで、旅館をやっているというので、そこを、訪ねてみることにした。

雨が降り出して来た。

北海道には、梅雨が無いといわれているが、降ってくるのは、梅雨に似たじめじめした雨である。

十津川は、濡れながら、問題の旅館に、駈け込んだ。

閑散としているのは、夏のシーズンの前だからだろう。

十津川は、この旅館の主人で、小寺ゆう子の叔父に当る和田久志《わだひさし》という男に、会った。

五十歳くらいの男で、色白の、神経質な感じだった。

十津川が、小寺ゆう子の名前を、口にすると、それだけで、和田は、顔色を変えてしまった。

「彼女が、警察のお世話になるようなことをしたんですか？」

「いや、今は、参考人ということです。ただ、こちらの質問に、答えてくれないので、困っているんですよ」

と、十津川は、いった。

「それで、私に？」

「何か、知っておられるんじゃないかと思いましてね」

「子供の頃の彼女のことは、知っていますが、東京へ出てからのことは、全く知りませんよ。手紙も、電話もなかったですからね」

「子供の頃の話で、結構ですよ。彼女のことは、何でも、知りたいんです」

と、十津川は、いった。

「彼女の両親は、函館で、かなり手広く、食料品店をやっていましてね。従業員を、七、八人使ってました。彼女には、姉が一人いたんですが、十五歳の時に死にましてね。両親の愛情が、残った彼女一人に、注がれたんです」

「甘やかされて育ったということですか？」

「そうですよ。だから、わがままでしたよ。注意したんだが、父親も、母親も、聞かなくてね」

「彼女の両親は、いつ亡くなったんですか？」

「彼女が、大学の二年の時ですかね。急に、ばたばた、二人とも、死んでしまったんです」

「その時、彼女は、地元の大学にいたんですか？」

「いや、東京のS大に行ってました」

「遺産は、かなりあったんでしょうね？」

「あった筈ですよ。彼女は、全部、売り払ってしまって、その後、彼女には、会っていません。今、何をしているんですか？」

「何か、金になる仕事をやっているようです。豪華なマンションに住んでね」

「そうですか。それなら、いいんですが、彼女のことは、何となく、不安でしてね」

と、和田は、いった。

「わがままだからですか？」

「それに、なまじ、頭がよくて、何でも、自分の思い通りになると、思っているからですよ。少くとも、私の知っている彼女は、そうでしたから」

と、和田は、いった。

「あなたの他に、彼女のことを、よく知っている人は、いませんかね？」

と、十津川は、きいた。

「そうですねえ」

と、和田は、しばらく考えていたが、

「高校時代、仲良しの娘《こ》がいましたよ。今は、結婚してますが、彼女のところには、何か連絡して来ているかも知れません」

と、いい、平沼《ひらぬま》まゆみという名前を、教えてくれた。

彼女は、現在、地元のサラリーマンと結婚して、団地に住んでいた。

十津川は、団地の近くの喫茶店で、会った。

まゆみも、十津川が、刑事と知って、びっくりしたらしいが、それでも、質問には、答えてくれた。

「私が、まだ、結婚してない頃、東京へ出て来ないかって、誘われたことがありますわ。いい仕事があるって」

「彼女が、S大を卒業したあとですか？」

「ええ」

「どんな仕事をやっていると、いっていました？」

「よくわからないんですが、とても、儲かるって」

「断ったんですか？」

「ええ」

「なぜです？」

「上京して、彼女に会ってみたんですけど、肝心の仕事の内容が、よくわからなくて、不安だったからですわ」

「それは、いつです？」

「二年前だったと、思いますけど」

「会ったのは、彼女のマンション？」

「ええ。とても、豪華なマンションでしたわ」

「そこで、彼女は、どんな仕事をしていたんですか？」

「それが、今いったようによくわからなかったんです。電話がよく掛っていましたけど」

「あなたには、一緒に仕事をやろうと、誘ったんでしょう？」

「ええ」

「その時も、内容を説明しなかったんですか？」

「ただ、こういっていましたわ。電話を聞いて、その指示通りに動けば、お金が儲かるんだって。そんなお伽話《とぎ》みたいな仕事は、信じられなくて、結局、ここへ帰って来て、結婚したんですわ」

　と、まゆみは、いった。

「どんな仕事か、想像はしましたか？」

　と、十津川は、きいてみた。

　まゆみは、微笑して、

「変な想像はしてみましたけど――」

「どんなことを考えたんですか？」

「ひょっとすると、コールガールかも知れないと――」

「なるほど」

「それをいったら、彼女、笑ってましたわ」

「否定したんですか？」

「バカねって、いわれましたわ」

「その後、彼女と、会っていませんか？」

「ええ。ぜんぜん」

「電話や、手紙もですか？」

「手紙が一度、来ましたわ」

「どんな手紙ですか？」

「どこかで聞いたのか、結婚おめでとうと、書いた手紙ですわ」

「彼女自身のことは、何か書いてありましたか？」

「確か、仕事は順調で、あなたと一緒にやれなかったのは、残念だみたいなことが、書いてあったと、思いますわ」

と、まゆみは、いった。

3

その日の中《うち》に、十津川は、東京に戻った。

亀井は、まだ、帰っていなかったが、熊本から電話が入って、

「例の、橋本によく似た男のことですが、彼に聞いたところ、一ヶ月ほど前に、調査依頼に来た客ではないかというのです」

「やはり、そういう客がいたのか」

「名前は、鈴木隆《すずきたかし》といったそうで、調査報告書を作ったと、いうことです」

「彼のマンションに行って、調べてみるよ」

と、十津川は、いった。

蒲田の賃貸マンションの一室が、橋本の住居兼、探偵事務所である。

すでに、熊本県警の刑事が、部屋を調べ、隠してあった二千四百万円を、見つけている。

1LDKで、十畳の部屋が、事務所になっていて、奥の三畳が、寝室である。

事務所には、キャビネットが置かれ、その中に、調査報告書の写しが、アイウエオ順に、入っていた。

サ行のところを見ていくと、「鈴木隆」の名前のものが見つかった。

十津川は、ちょっと、意外な気がした。

橋本を、罠にはめた人間は、このマンションに忍び込み、二千四百万円の札束を、置いていった。

その時、調査報告書の写しも、持ち去ったのではないかと、考えていたからである。

十津川は、ソファに腰を下ろし、うすい報告書に、眼を通した。

依頼主の名前のところに、「鈴木隆」と書いてあるが、住所の記入はない。多分、住所は、いわなかったのだろう。

〈Kデパートエレベーターガール身元調査の件〉

と、ある。

〈ご依頼のあったエレベーターガールについて報告申しあげます。名前は、合田《ごうだ》やよい。二十二歳で、独身です。両親は健在で、姉の圭子《けいこ》二十六歳は、二年前に、結婚しています。兄の修一郎《しゆういちろう》二十八歳は、現在、N重工に勤務しています。婚約者がいて、来年の四月に挙式の予定です。

合田やよいには、ボーイフレンドが、何人かいますが、恋人といったものではなく、もちろん、結婚の予定もありません。

彼女の性格は、外向的で、明るく、誰にも好かれるということで、友人が、沢山います。

運転免許は、二十歳の時に取り、現在、カローラを運転していますが、運転は、慎重だということです。友人に話したところでは、結婚後も、働きたい希望を持っているようです。結婚相手としては、申し分ないと、思われます〉

これが、報告の内容だった。

(単なる、結婚相手の身上調査なのだろうか？)

十津川は、考え込んだ。

そうかも知れないし、違うかも知れない。

もし、この、鈴木隆と名乗った男が、どこかで、橋本の顔を見て、自分によく似ていると思い、利用するつもりで、近づいたとすると、この調査依頼は、単なる手段にすぎなかったろう。

それなら、どこの誰の調査でも、よかったことになる。

また、調査報告書の中にある合田やよいという女性を、本当に調べて貰いたかったとすると、彼女も、今度の事件に、絡んでいる可能性が出てくるだろう。

（しかし、その場合は、この報告書の写しも、犯人が、持ち去ってしまう筈ではあるまいか？）

とも、思った。

とにかく、この合田やよいを調べれば、どちらか、わかるだろう。

4

翌日、早く、亀井が、熊本から、戻って来た。

十津川は、彼に、合田やよいについて、調べるように頼んでおいて、小寺ゆう子の卒業したS大に、出向いてみた。

三鷹にある大学の事務長に会って、小寺ゆう子のことを、聞いた。

事務長は、彼女が卒業した年次の名簿を、見せてくれた。

間違いなく、小寺ゆう子の名前が、のっていた。

「同じ卒業で、親しかった女性の名前は、わかりませんか？　男子学生でも、いいんですが」

と、十津川は、いった。

「確か、彼女は、在学中、テニスクラブに入っていましてね。その仲間が、親しかったと思いますよ」

「名前は、わかりますか？」

「卒業アルバムには、各クラブの写真ものっている筈です」

と、事務長は、いい、分厚い卒業記念アルバムを、持って来てくれた。

こうしたものは、年々、豪華になっていくものらしい。ページ数も多く、カラー写真が、豊富である。

事務長のいった通り、テニスクラブの写真も、五枚、のっている。

男女、八人ずつの十六名全員の写真。練習中の風景。

その中に、三人の女子学生だけで、写っている写真があった。テニスルックではなく、普通の恰好で、楽しげに笑っている。

〈テニスクラブのコーラス三人組〉

と、説明がついているところをみると、クラブの打ちあげの時などに、この三人で、コーラスをやったのだろう。

真ん中にいるのが、小寺ゆう子だった。

が、十津川が、眼を光らせたのは、彼女の右にいる女の方だった。

(よく似ている)

と、思い、写真の下に書かれている名前に急いで、眼をやった。


〈井上綾子〉


と、印刷されている。

(やっぱりな)

と、十津川は、思った。

十津川は、アルバムと、名簿を借り受けて、捜査本部に戻ると、改めて、十七日に殺されたクラブホステス、井上綾子の写真を、取り出して、眺めた。

マンションの寝室で、背中を刺されて死んでいる現場写真である。

最初は、この事件から、始まったのである。

彼女と関係があった男として、皆川が、手配された。

（彼女は、S大の卒業だったのか）

と、思う。

彼女は、店のホステスや、マネージャーには、高卒だと、いっていた。十津川たちも、それを、信じていたのである。というより、この事件には、彼女の学歴は、無関係と考えて、調べなかったのだ。

もし、調べていれば、もっと早く、このアルバムを手に入れ、小寺ゆう子の名前が出た時、彼女を、井上綾子と結びつけて、考えることが、出来たろう。

亀井が、一時間ほどおくれて、帰って来た。

「合田やよいについて、調べて来ました。彼女は、現在もKデパートで、働いています」

と、亀井は、報告した。

「今度の事件と、関係がありそうかね？」

「全くないと思いますね」

「すると、橋本のことを、調べるためのエサだったわけか？」

「そう思います。現在は、決った恋人が出来て、来年の春には、結婚することになっているそうです」

ですから」

「うすうす、気付いていたといっています。橋本が、彼女の友人なんかに当ったよう

「自分が、調査されたことは、知っていたかね?」

と、亀井は、いった。

十津川が、アルバムの写真を見せると、亀井も、顔を輝かせた。

「小寺ゆう子が、あの事件に関係していたとは、驚きましたね」

「まだ、断定は出来ないよ。偶然、同じ大学だったというだけのことかも知れないし、小寺ゆう子は、そう主張するだろうからね」

と、十津川は、いった。

「しかし、警部だって、関係ありと、思われたわけでしょう?」

と、亀井が、ニヤッとした。

「ああ、そうだ。小寺ゆう子は、高校時代の親友に、一緒に仕事をしないかと、誘っている。それを考えれば、S大時代のクラブの仲間の井上綾子だって、誘ったと思うからね」

と、十津川は、いった。

「井上綾子は、どうしたんでしょう? 断ったんでしょうか?」

「断った平沼まゆみは、生きているよ」

「すると、井上綾子の方は、断らなかったから、殺されたと？」

「いや、一緒に仕事をしていて、それを、やめたから、殺されたんじゃないかね？男と女の関係がこじれたと見せかけてだよ」

と、十津川は、いった。

「問題は、やはり、小寺ゆう子のやっている仕事ですね」

「どうせ、怪しげな仕事だろうがね。今いった平沼まゆみは、小寺ゆう子から、電話を受けて、その指示通りに動けば、お金になると、いわれたそうだよ」

「コールガールですか？」

と、亀井が、きく。

十津川は、笑って、

「彼女も、そう思ったと、いっていたよ」

「違いますか？」

「もっと、複雑で、危険な仕事なのだと思うね。そうでなければ、殺人事件には、発展しないだろう」

と、十津川は、いった。

一方、西本や、日下たちからは、何の報告もなかった。

正確にいえば、小寺ゆう子が、こちらが期待するような動きをしないということだった。

二人からの報告は、彼女が、自宅マンションを、一度も、出ないというものばかりである。

熊本から帰ったあと、彼女は、全く、動こうとしないのだ。

「今度の事件が、片付くまで、動いたら損だと思っているんでしょう」

と、亀井は、いった。

十津川も、肯いて、

「カメさんのいう通りだと、思うね。今のままなら、橋本が犯人として、有罪判決を、受けてしまう。そのあとなら、自由に動けると踏んでいるに決っている」

「相手が動かないと、仕掛けられませんね」

「私が、もう一度、彼女に、会ってくる。圧力をかければ、或いは、何らかの動きを、見せるかも知れないからね」

「私は、どうしますか？」

「カメさんにも、一緒に行って貰いたいが、時間がないからね。例の、橋本に似た男のことと、高杉あき子のことを、調べてくれないか。高杉あき子も、どこかで、小寺ゆう子の過去と、つながっている筈だ」

と、十津川は、いった。

5

十津川は、ひとりで、小寺ゆう子に、会いに行った。

彼女は、マンションで、十津川を迎えた。が、余裕のある笑顔を見せて、

「今日は、何のご用でしょうか？」

と、きいた。

「橋本が起訴されて、熊本地裁で、公判が開始されたら、あなたも、証人として、出廷するんでしょう？」

「ええ。それで、どこにも、出かけられなくて、困っているんですわ」

「公判では、事実を、話すんでしょうね？」

と、十津川が、きくと、ゆう子は、肯いて、

「もちろんですわ」

「じゃあ、私にも、事実を、話してくれませんかね」

「私は、いつでも、本当のことを、お話ししていますわ」

「私には、そうは、思えないんですがね」

「それは、私を、偏見を持って、見ていらっしゃるからですわ」

と、ゆう子は、落ち着き払って、いった。

「じゃあ、井上綾子さんのことを、話してくれませんか」

と、十津川は、いきなり、いった。

一瞬、ゆう子の顔に、狼狽《ろうばい》が走ったように見えた。

が、すぐ、元の表情になって、

「それ、どなたなんですか？」

「五月十七日に、殺された女性ですよ。S大で、あなたと同じテニスクラブにいた筈なんですがね」

「S大のテニスクラブですか？」

と、きき返してから、急に、気付いた感じで、

「じゃあ、やっぱり、彼女だったんですか。新聞のニュースを見た時、同じ名前の人だなと思ったんです。でも、彼女が、殺されるなんて、考えられなかったんですよ」

「井上綾子さんとは、卒業後も、つき合いが、あったんですか？」

と、十津川は、続けて、きいた。

「二、三回、会って、お茶を飲んだことはありましたけど、それだけですわ。もう、結婚しただろうと、思っていたんです」

「ええ。クラブのホステスをしていたというのは、意外ですか？」

「ええ。彼女には、似合いませんもの」

と、ゆう子は、いう。

「あなたは、函館の生れでしたね？」

「ええ」

「函館の高校時代の友人で、平沼まゆみという女性を覚えていますか？　結婚して、田村《たむら》になっていますが」

と、十津川が、きくと、ゆう子は、ニッコリして、

「親友でしたもの、覚えていますわ」

「彼女に向って、一緒に、仕事をしないかと、誘われたそうですね。彼女に、聞きましたよ」

「ええ。その通りですわ。結婚までの間に、何かしたいというから、私の仕事を、手

伝わないかと、誘ったんです」

「彼女が、こういっていましたよ。どんな仕事か聞いたら、電話を受けて、その指示通りに動けば、お金が儲かる仕事だと、あなたが、いったというんです」

十津川がいうと、ゆう子は、笑って、小さく、首を振った。

「それは、たとえ話で、いったことですわ」

「具体的には、どんな仕事だったんですか？」

「情報案内の仕事ですわ。今は、それが、お金になるんですよ」

「具体的な話も、したんですか？」

「さあ、したと思いますけど――」

と、ゆう子は、あいまいないい方をした。

「さっきの井上綾子さんのことですがね。奇妙だとは、思いませんか？」

「どこがでしょうか？」

「彼女を殺したのは、皆川徹と思われているわけです。その皆川が、今度は、あなたの会社で働いていた高杉あき子さんと一緒に、逃げた。三千万円を、横領してです。これは、偶然ですかねえ？」

「もちろん、偶然ですわ。偶然としか考えられないじゃありませんか。それとも、何かあると、お考えなんですか？」

と、ゆう子は、挑戦的な眼になって、十津川を、見つめた。

「私は、井上綾子さんが、クラブのホステスになる前、あなたのところで、働いていたんじゃないかと思っているんですよ。この考えは、間違っていますかね？」

と、十津川は、いった。

彼の方も、自然に、挑戦的ないい方になっていた。

「もちろん、間違っていますわ。なぜ、そんなことを、考えられたんですか？」

「その方が、一本、筋が通ってくるからですよ」

「どんな風に、筋が通るんですか？」

6

「井上綾子さんが殺され、続いて、高杉あき子さんが、殺された。どちらにも、皆川が、絡んでいる。もし、この二人の女性が、あなたの会社で働いていたとすると、そのこと自体が、動機になって来ますからね」

と、十津川は、いってみた。

案の定、ゆう子は、首を強く横に振って、

「刑事さんが、そんな無責任なことを、いわれては、困りますわ。井上綾子さんを殺したのは、皆川という人かも知れませんけど、高杉あき子を殺したのは、橋本豊ですよ。十津川さんは、確か、昔、部下として、お使いになっていたんでしょう？　だから、かばいたいお気持になるのは、わかりますけど、公私を一緒にされては、困りますわ」

と、いった。

「この際、いっておきたいんですがね」

「何でしょう？」

「私は、橋本君は、罠にはめられたと、思っているんですよ。あなたの仕掛けた罠にです」

「私の？　罠ですって？」

と、ゆう子は、ゆっくり区切っていい、クスクス笑い出した。

「おかしいですか？」

「滑稽ですわ。第一、橋本豊さんは、もう、起訴されるんでしょう？　彼が犯人に間違いないからじゃありませんの？」

「それだけ、巧みに、彼が、罠にはめられたということですよ」

「そして、私が、罠にはめたと？」

「あなた一人じゃありません。少くとも、もう一人、共犯者がいると思っていますよ。それは、男で、橋本君になりすまして、九州へ飛び、皆川と、高杉あき子を、殺した。私は、そう見ています」

「名前も、わかっていますの？　その男というのは」

と、ゆう子は、笑いながら、きいた。

「本名は、わかっていませんが、ある時は、鈴木隆と名乗り、ある時は、別の名前を使っています。ただ、橋本君によく似た顔をしていることだけは、わかっています」

「じゃあ、動機も、わかっているんでしょうね？」

「残念ながら、動機は、わかっていませんが、間もなく、わかる筈です。そうなれば、まず、この男を逮捕します」

と、十津川は、ゆう子の顔を、まっすぐに見すえて、いった。

十津川が、それだけのことをいって、捜査本部に帰ると、すぐ、そのあとに戻って来た亀井が、眼を光らせて、

「面白いことが、わかりました」

と、いった。

「何がわかったんだ？」

「高杉あき子のことです。やはり、前から、小寺ゆう子と、関係があったんですよ」

「すると、Ｓ大の卒業生だったのか？　彼女も」

「最初は、そう思いました。高杉あき子の方が、二、三歳、年上なので、二、三年前の卒業生名簿を調べてみたんですが、のっていませんでした」

「それで？」

「そこで、どんな風に、Ｓ大の小寺ゆう子と、関係があったろうかと、考えました。多分、他の大学にいたのだろうと、思いました。しかし、小寺ゆう子が一年生の時、高杉あき子は、三年生か、四年生です。学年の違う他の大学の学生と、仲が良くなるというチャンスは、何だろうとです」

「何かの試合か？」

「そうですよ。小寺ゆう子は、テニスクラブにいましたから、テニスの対外試合を考えてみました。その線を、片っ端から調べていったら、見つかりました」

と、いって、亀井は、ニッコリしてから、

「Ｓ大のテニスクラブは、よく、Ｗ大のテニスクラブと、試合をやっているんです。

W大の方のメンバーを、全部、調べてみたら、高杉あき子の名前が、見つかりました」

亀井は、その時の両チームのメンバー表を、十津川に、見せた。

S大の方に、小寺ゆう子の名前があり、W大の方に、高杉あき子の名前が、のっていた。

ゆう子が二年生、あき子の方は、四年生と、注がしてある。

「多分、この試合を通じて、二人は、知り合い、ゆう子の卒業後、彼女は、高杉あき子を、自分の仕事に、引きずり込んだんだと思いますね」

と、亀井は、いった。

「彼女のいう情報を売る仕事にか」

「そうです」

「井上綾子は、途中でその仕事をやめて、クラブのホステスになり、高杉あき子の方は、三千万円を持ち逃げして、共に、殺されたということになるのかね？」

「ますます、怪しげな仕事だったに違いないと、思いますね」

と、亀井は、いった。

「井上綾子は、その仕事の秘密を知っていたので、殺されたのかも知れないな」

「彼女だけじゃなく、高杉あき子も、同じ理由で、殺されたんじゃありませんか？三千万円は、表向きの理由で」

と、亀井が、いった。

この日、橋本は、強盗殺人罪で、起訴された。

第七章　虚業の女

1

十津川は、小寺ゆう子のやっていた仕事の解明に、全力をあげることにした。それが、今度の事件の解決につながり、橋本豊を助けることにもなると、思ったからである。

しかし、当の小寺ゆう子は、口をかたく閉ざして、自分の仕事については、喋《しゃべ》らないし、彼女に傭われていたと思われる二人の女性は、殺されてしまっている。

「他にも、何人か、小寺ゆう子は、傭っていたと思います。その人間が見つかれば、どんな仕事なのかも、わかると思いますが」

と、亀井が、いった。

「井上綾子や、高杉あき子のことを考えると、他の人間も、彼女の趣味であるテニス関係から、選んでいるような気がするね」

「同感です」

「もう一度、S大に、行ってみるか」

と、十津川は、いった。

二人は、三鷹にあるS大に出かけた。

五面あるテニスコートでは、S大の女子学生たちが、白球を打ち合っているのが見えた。

初夏の太陽が、彼女たちに、降り注いでいる。乾いた打球音と共に、若い歓声が、聞こえる。

「眩しいもんですね」

と、亀井が、珍しく、照れたような顔になった。

「そうだね」

と、十津川も、肯《うなず》き、しばらく、彼女たちを、眺めていた。

若い肌が、太陽をはね返して、輝いている。

彼女たちの練習が、一段落したところで、十津川は、声をかけた。

「君たちの先輩に、小寺ゆう子という人がいるんだ」

と、十津川は、いって、彼女の写真を見せた。

「その人が、会社をやっていてね。社員を、採用するのに、どうやら、テニスをやっていた自分の後輩や、先輩の中から、選んでいる。君たちも、そんな話を聞いたことは、ないかね？」

「――」

学生たちは、黙って、小寺ゆう子の写真を、廻して、見ていたが、たまたま、OGで練習に参加していた後藤《ごとう》やよいという二十三歳の女が、

「私は、聞いたことが、ありますわ」

と、十津川に、いった。

「どんな話ですか？」

「私の友だちが、この小寺さんの会社に、就職したんです。テニスクラブの先輩、後輩の縁で」

「名前は？」

と、亀井が、せっかちに、きいた。

「大西和子《おおにしかずこ》さんですわ。美人で、とても、華やかな人」

と、いう。

「住所も、教えてくれないか」

「彼女が、どうかしたんですか？」

急に、やよいは、不安気な表情になって、十津川と、亀井を見た。

「いや、ただ、会って、聞きたいことがあるだけだよ」

と、亀井は、いい、住所を聞くと、すぐ、パトカーに戻った。

教えられた阿佐ヶ谷《あさがや》のマンションに、急行した。

JR阿佐ヶ谷駅から、歩いて、十五、六分の場所に建つ十一階建の高級マンションだった。

その九階が、大西和子の部屋だったが、ドアに、

〈一週間ばかり、旅行して来ます。大西〉

と、貼紙がしてあった。

仕方がないので、十津川たちは、管理人室で、彼女のことを、聞くことにした。

「多分、フィリッピンに、行かれたんだと思いますよ」

と、小柄な管理人は、十津川に、いった。

「いつ帰るか、わかりませんか？」

と、十津川が、きいた。

「確か、行ったのが三日前だから、あと三、四日で、帰ると思いますね」

「大西さんは、何をやっているんですか？」

これは、亀井が、きいた。

「それが、よくわからないんですがね。外国へは、よく行きますよ。それで、あんないい生活をしているから、きっと、お金持ちの娘さんなんだろうと、思っているんですがねえ」

と、管理人は、いう。

「人が訪ねて来ることは、ありますか？」

「時々ね。車で乗りつけてくる人が、多いですよ」

「どんな車が、多いですか？」

「そうですね。高級車が、多かったような気がしますね。あのベンツとか、国産なら、シーマとかです」

管理人は、ちょっと、得意そうな顔をした。

十津川は、そのことが、気になって、

「ひょっとすると、その中に、よく知られた人がいたんじゃありませんか？」

と、きいてみた。

とたんに、管理人の顔に、狼狽《ろうばい》の色が、走った。

どうやら、図星だったとみえた。十津川は、微笑《わら》って、

「あなたに、迷惑はかけませんから、教えてくれませんかね」

「しかし、その人の迷惑になるから」

「口止めされたんですか？」

と、亀井が、きいた。

「まあ、内密にしたいとおっしゃった人もいますから――」

「内密にね」

「そりゃあ、刑事さん、その人には、ちゃんとした家庭がありますからね。若い女のところへ通っていたとなったら、大事《ごと》なんじゃありませんか」

と、管理人は、いった。

（その方の心配をしているのか）

と、十津川は、苦笑しながら、

「家庭がもめるようなことはしませんよ。だから、教えて欲しいんですがねえ」

と、いった。

管理人も、自分一人が知っていることを、自慢したいのだ。

その気持が、ぽろりと出て、

「あれは、間違いなく、生野覚《しょうのさとし》でしたよ」

と、教えてくれた。

「生野覚というと、テレビタレントの？」

「もちろんです。白いベンツで、三度ほど、来たんじゃなかったかな」

と、管理人は、鼻をうごめかせた。

生野覚は、中年のタレントで、若い父親役などで、人気があった。美男子ではないが、清潔な感じで、女性ファンが多い。

亀井が、電話番号を調べて、自宅に掛けてみると、留守番電話で、今、中央テレビで、仕事中だという。

十津川たちは、パトカーで、中央テレビに向った。

生野は、連続テレビドラマの撮影中だった。そのため、局内の喫茶室で、三十分近く待たされた。

三階にある喫茶室には、十津川も知っているタレントが、顔を見せていた。亀井も、きょろきょろしている中《うち》に、どっと、七、八人の男女が入って来て、その中の一人が、十津川たちの方へ、歩いて来た。

それが、生野だった。

テレビで見るよりも、小柄だった。十津川と、亀井に向って、

「生野です」

と、丁寧に、あいさつした。温厚な感じの男である。

「コーヒー」

と、注文しておいてから、生野は、十津川に向って、

「私も、刑事ドラマで、刑事をやったことがありますが、本物の刑事さんにお会いするのは、初めてでしてね」

ニコニコ笑いながら、いった。

「お忙しそうですね」

十津川は、煙草に火をつけてから、いった。

「私のようなものは、沢山出て、やっと、人並みの生活が出来ます。まあ、貧乏役者です」

「しかし、ベンツをお持ちでしょう？」

と、亀井が、いった。

「あれは、役者の見栄みたいなものです」

と、生野は、いい、運ばれたコーヒーを、かき廻してから、

「それで、私に、何のご用でしょうか？」

「大西和子さんのことで、お話を伺いたいと思いましてね」

と、十津川が、いった瞬間、生野の手が止まった。

「大西さん――？」

「そうです。時々、ベンツに乗って、彼女のマンションに、行かれている筈ですが」

と、十津川は、いった。

「知りませんね」

急に、生野の声が、固く、平板になった。

「本当に、知りませんか？」

「ええ、全く、知りませんね。大西ゆきという女優さんは、知っていますが」

「阿佐ヶ谷のマンションに住んでいる女ですよ」

と、亀井が、いった。

「阿佐ヶ谷は、行ったことが、ありませんよ」

と、生野は、いう。

「困りましたね」

十津川が、いった。

「私だって、困りますよ」

「そのマンションの管理人が、あなただと、いっているんですよ。その上、あなたに、口止めされたと」

と、亀井が、怒ったように、生野を睨んだ。

「しかし、知らないものは、知らんのです。その大西という女性が、私に会ったと、いっているんですか？」

「いや、彼女は、今、旅行中です」

「それでは、私とは限らないじゃありませんか。私は、平凡な顔立ちだから、きっと、間違えたんですよ。前に、私のそっくりさんを募集したら、二百人近く集まりましたからね」

そんなことを、生野は、いった。

十津川は、じっと、生野を見つめて、

「協力して頂けないと、困ったことになるんですがね」

「私を、脅すんですか？」

と、生野は、顔をしかめて、十津川を、睨んだ。

「別に、脅す気はありませんが、殺人事件が絡んでいるんですよ。正直に、話して頂かないと、あとで、困ったことになると思うのです。われわれにとっても、あなたにとってもね」

と、十津川は、いった。

「殺人事件――ですか？」

生野が、青い顔になった。

2

「それも、三人の男女が殺された事件です」

「――」

と、生野は、じっと、考え込んでいたが、

「これは、内密にして貰えますか？」

「いいですよ」

「それなら、話します。実は、この年齢《とし》になって、恥しいんですが、あの女に、惚れてしまいましてね。刑事さんのおっしゃった大西和子です。家内には、すまないと思っているんですが、こればかりは――」

と、生野は、溜息《ためいき》をついた。

「なるほど。いわゆる不倫というやつですか」

「まあ、そうです。何とも、面目ないんですが」

「それで、何回か、彼女のマンションを訪ねたわけですか？」

「そうです」

「なぜ、ホテルへ行かなかったんですか？」

「そんなことをしたら、かえって、マスコミに気付かれてしまいますよ。これでも、マスコミの取材対象にはなる人間ですから」

「彼女とは、いつ、どこで、知り合ったんですか？」

と、十津川は、きいた。

「確か、二年前、北海道でロケがあった時、彼女も、たまたま、遊びに来ていて、知り合ったんですよ」

「ロマンチックですね」

「嘘はいっていませんよ」

生野は、口をとがらせた。

「別に、嘘だとは、いっていません。ところで、彼女は、何をしているんですか？」

と、十津川は、きいた。

「ちょっと、待って下さい」

「何ですか？」

「なぜ、そんなことまできくんですか？　私にとっては、彼女が、何の職業かは関係ないんですよ。彼女自身に惚れたんですから」

と、生野は、いう。

「しかし、生野さん。彼女の職業が、大事になってくるんです」

「なぜですか？」

「それが、殺人に関係していると、思われるからですよ」

「――」

「あなたは、知っている筈ですよ」

「――」

「都合が悪くなると、だんまりですか」

亀井が、舌打ちをした。

「生野さん！」

と、入口で、誰かが、呼んだ。

「すぐ行く！」

と、生野は、大声で、いってから、十津川に向って、

「これから、連ドラの撮影が、あと二日分あるんですよ。ですから、明日、もう一度、来て貰えませんか？」

「待てないんですよ」

と、十津川は、いった。

「なぜです？」

「一人の男が、無実の罪で、起訴されたんです。しかも、殺人容疑でね。助けなければならんのですよ」

「それが、私に、どう関係があるというんですか？」

と、生野が、きいた。

「あなたが、協力して下されば、その無実の人間は、助かるんです」

「協力は、惜しみませんが、明日にして、欲しいんですよ。何しろ、忙しくてね」

「それなら、一つだけ、教えて下さい」

「何です？」

「彼女は、何をしているか、それを教えて下さればいいんです」

「知りません。知らずに、つき合っていたんですよ」

「嘘をつくと、ますます、事が大きくなって来て、抜きさしならなくなりますよ」

「とにかく、何も知らんのですよ！」

と、急に、大声でいい、生野は、喫茶室を、飛び出して行った。

3

十津川は、亀井を、その場に残して、ひとりで、捜査本部に戻った。

「すぐ、中央テレビへ行って、カメさんを手伝ってくれ」

と、西本刑事に命じておいて、十津川は、三上部長に会った。

「大西和子という女の部屋を、調べる令状を取ってくれませんか？」

と、十津川は、いった。

「その女が、事件に関係しているのかね？」

と、三上が、きく。

「多分、関係している筈です」

「多分じゃ困るよ」

「ひょっとすると、今度の一連の事件の謎が解けるかも知れません」

と、十津川は、いった。が、三上は、渋い顔で、

「多分の次は、ひょっとするとかね」

「駄目ですか？」

「その女は、何者なんだ？」

「小寺ゆう子の仲間です」

「それで？」

「何をやっているのか、わからないんです。それが、わかれば、三千万円の謎も、解けます」

「三千万円は、持ち逃げされた金で、それをめぐって、殺人事件が、起きた。残念だが、犯人は、橋本豊だった。それで、全てだろう？　違うのかね？」

と、三上が、きく。

「それは、見せかけです」

「見せかけ？」

「そうです。橋本は、罠《わな》にはめられたんです。見せかけの事件のためにですよ」

「君が、彼をかばいたい気持は、わかるがね。罠の証明は、出来んのだろう？」

「証明のためには、大西和子の部屋を調べる必要があるんです」

「調べたら、血のついたナイフでも、見つかるというのかね？」

と、三上が、きいた。

十津川は、わざと、声をひそめて、

「それ以上のものが見つかると、思っています」

「それ以上？　何だね？　それは」

三上は、興味を感じた様子で、じっと、十津川を見た。

「今度の事件は、表面上は、会社の金三千万が、持ち逃げされ、その金をめぐっての殺人と、思われています」

「違うのかね？」

「全く違う側面があるような気がしているんです。もっと、大きな事件の側面がです。それを、摘発できれば、大きなニュースになりますよ」

と、十津川は、いった。

三上は、膝を乗り出してきた。大きなニュースになるという言葉が、気に入ったのだろう。

「どんなニュースかね？」

「世間が驚くようなです」

「しかし、無名の女だろう？　それが、なぜ、ニュースになるのかね？」

「有名人が、からんでくる可能性があるからです」

と、十津川は、いった。

「どんな有名人だ？」

「まだ、わかりませんが、タレントの生野覚が、関係していることは、確かです」

「生野なら、知っているよ。家内が、ファンでね」

「多分、他にも、タレントが、関係していると、思っています」

「クスリかね？」

「かも知れません」

「――」

三上は、黙って、考え込んでいた。

十津川は、待った。

「やってみよう」

と、急に、三上は、いった。

4

三時間待って、やっと、家宅捜索の許可がおりた。

十津川は、パトカーで、まず、中央テレビへ寄って、亀井を、乗せた。一緒にいた西本刑事には、そのまま、生野を、マークするように、いっておいて、阿佐ヶ谷に、廻った。

「よく、部長が、令状を取ってくれましたね」

と、亀井が、驚いたように、いった。

「マスコミが、注目する事件になると、いったんだ」

「なるほど。部長は、あれで、マスコミに出るのが、好きですから」

と、亀井は、笑った。

二人を乗せたパトカーが、阿佐ヶ谷のマンションに着くと、管理人に立ち会って貰って、大西和子の部屋を開けた。

「なるべく、動かさないように、努めてくれ」

と、十津川は、亀井に、注意した。

十津川は、絶対に、不正なものがあると信じて、家宅捜索の令状を貰ったが、もし、何も出て来なければ、責任を取らざるを得ないだろう。

その覚悟は、出来ていた。

調べたものは、きちんと、元に戻すようにしながら、二人は、洋服ダンスや、三面鏡の中を、調べていった。

1LDKのきれいな部屋に、高級家具が、置かれている。

なかなか、期待するものが、見つからない。

十津川は、一息ついて、管理人に、

「この部屋は、賃貸ですか？」

と、きいてみた。

「そうですよ。月、二十万です」

「高いね」

亀井が、怒ったような声で、いった。

「彼女は、よほど、収入がいいらしい」

と、十津川は、亀井に、いった。だから、何かなければいけないのだ。

一休みしてから、二人は、もう一度、探しにかかった。

突然、亀井が、大声をあげた。

十津川が、すぐ、亀井の傍へ寄って行った。

亀井は、三面鏡の引出しを抜き出し、そのあとの隙間《すきま》に、手を突っ込んでいたのだが、ポリ袋に包まれた何かの塊りを、取り出していた。

茶褐色の塊りだった。週刊誌大のものが、いくつも、出て来た。

「大麻か？」

と、十津川が、緊張した声で、きいた。

「そうです。圧縮して、固形化した大麻ですよ」

と、亀井は、嬉しそうに、いった。

「これが、小寺ゆう子の会社の実体かな？」

「そう思いますね。客が、電話を掛けてくる。それを受付け、女たちが、配ったり、或いは、客が、取りに来たりしていたんだと思います」

「顧客名簿は、あるのかな？」

「それは、社長の小寺ゆう子が、押さえているんじゃありませんか。そして、電話だけの事務所を作ったり、この部屋のように、マンションに、店を作ったりしているんだと、思います」

喋りながら、亀井は、手を突っ込んでは、固形の大麻を、取り出して、床に、積み重ねていった。

「生野覚も、この客だったということかね」

十津川は、溜息まじりに、いった。

「多分、生野が、ここから買い込んで、タレント仲間に、分けているんじゃありませんか」

「大西和子は、社長の命令で、東南アジアに、大麻の仕入れに出かけたか」

「そう思いますね」

と、亀井も、肯いた。

十津川は、管理人に、眼をやった。

「このことは、しばらく、内密にしておいて下さい」

「大西さんが、帰って来たら、どうします？」

管理人は、青い顔で、きいた。

「その時は、すぐ、われわれに、連絡して下さい」

と、十津川は、いった。

二人は、大麻を、元の場所におさめ、その中の一つだけを持って、部屋を出た。

「これから、どうします？」

と、パトカーに戻ってから、亀井が、きいた。

「すぐにも、小寺ゆう子を、逮捕したいところだが、彼女は、一筋縄ではいかん。大西和子が、勝手に、やっていることだというだろうし、つながっているという証拠も、ないんだ」

と、十津川は、いった。

「そうですね。そのくらいのことは、いいかねません」

「だから、脇から、かためていこう」

と、十津川は、いった。

「どうします？」

「生野覚に、この大麻の塊りを突きつけてやる」

「行きましょう」

と、亀井は、アクセルを踏んだ。

中央テレビに行くと、生野は、すでに、仕事をすませて、帰っていた。といっても、八王子の自宅に帰らず、テレビ局近くのホテルに泊っているということだった。

十津川と、亀井が、そのKホテルに廻ってみると、西本刑事が、ロビーにいた。

「生野は、一〇一六号室です」

と、西本は、十津川に、いった。

十津川と、亀井は、エレベーターで、十階に、あがって行った。

一〇一六号室のベルを鳴らす。ドアが、小さく開いて、顔をのぞかせた生野は、十津川を見ると、顔をしかめた。

「もう、話すことは、ありませんよ」

「それが、こちらには、あるんですよ」

「何ですか？」

「大麻のことで、話したいんですよ。大西和子の持っている大麻のことで」

と、十津川が、いうと、やはり、生野の顔色が、変った。

「入って下さい」

と、生野は、青い顔のまま、いった。

5

二人の刑事は、中に入り、テーブルの上に、固形の大麻を置いた。

「不倫話は、最初から、信じていませんでしたよ」

と、十津川は、いった。

「わかっていたんですか？」

生野は、声をふるわせた。

「想像はついていたんですよ」

「私を、逮捕するんですか？」

「それは、あなたの出方次第です」

「出方――？」

「ここに、大麻を持っていますか？」

「いや、持っていません」

「それなら、逮捕は、出来ません。しかし、協力してくれなければ、証拠をつかんで、逮捕します」

「どうしたら、いいんですか？　逮捕されたら、私は、もう終りです」

「協力して下さい」

と、十津川は、いい、続けて、

「われわれは、今、殺人事件を、調べています。その解明に、協力して欲しいのですよ」

「私に、何が出来るんですか？」

「小寺ゆう子という女性を、知っていますか？」

「彼女から、その名前を聞いたことがあります。しかし、会ったことは、ありません」

「大西和子は、小寺ゆう子のことを、何といっていたんですか？」

「友だちとか、時には、ボスとか、いっていました。難しいことがあると、電話して、相談しているようでしたが、私には、電話を掛けさせませんでしたね」

「あなたは、どうやって、大西和子と知り合ったんですか？」

と、十津川は、きいた。

「最初、ある男に、一つの電話番号を、教えて貰ったんです。大麻を手に入れるには、そこへ、電話しろとですよ」

「そのナンバーは？」

「確か×××です」

と、生野は、いった。それは、受付しかない、小寺ゆう子の会社のナンバーだった。

「そこへ電話して、どうしたんですか？」

と、十津川は、きいた。

「こちらの名前をいうんです。そのあと、二日間、待たされました。その間に、私のことを、いろいろと、調べたんだと、思いますよ。その調査に合格したとみえて、三日目に、電話が掛りました。大西和子からです。自分のマンションに、来るようにとです。それからの関係です」

「彼女は、小寺ゆう子のことを、ボスとか、友だちとか、いっていたんですね？」

「そうです」

「そして、時々、電話で、相談していた？」

「ええ」

「助かりましたよ」

と、十津川は、いった。

「これで、いいんですか？」

「また、助けて貰いに来るかも知れませんが、今は、これで、結構です」

「私を、逮捕しないんですか？」

「ええ」

と、十津川は、肯いてから、

「もう、大麻は、使わないで下さい」

と、いった。

十津川と、亀井は、廊下に出た。エレベーターで、一階ロビーに降りる。

「まだ、小寺ゆう子を、逮捕できませんか？」

亀井が、パトカーに向って歩きながら、きいた。

「出来ないことはないよ」

「それなら、なぜ、ためらうんですか？」

「橋本君のことが、あるからさ」

と、十津川は、いった。

二人は、パトカーに、乗り込んだ。

亀井が、ハンドルを握る。十津川は、助手席で、煙草に火をつけた。

「今、小寺ゆう子を、大麻の件で、逮捕しても、橋本君は、助けられない。大麻でかせいだ金にしろ、その三千万円を、高杉あき子が持ち逃げし、その取り戻しを頼まれた橋本君が、彼女と、連れの皆川を殺して、奪ったという図式は、変らないんだ」

「彼女と、取引きできませんか？」

と、亀井が、きく。

「小寺ゆう子とかね？」

「そうです」

と、いって、亀井は、パトカーを、スタートさせた。

「彼女に、大麻のことは、不問に付すから、橋本君を、罠にはめたと、いわせるのか？」

「そうです」

「無理だよ、カメさん。橋本君が、シロなら、三人の男女を殺した容疑は、小寺ゆう子にかかってくる。そんな損な取引きに、彼女が、応じると、思うかね？」

「そうでしたね。大麻の取引きの罪と、殺人罪なら、大麻の方を、とるでしょうね」

と、亀井は、いった。

捜査本部に戻ると、十津川は、黒板の前に立って、今日わかったことを、書きつけていった。

小寺ゆう子の仕事が、大麻の密売だとすると、三つの殺人の動機が、違ってくる。

十津川は、「動機」と、書いてから、亀井に向って、

「井上綾子が殺されたのは、痴情のもつれじゃないんだ。彼女は、小寺ゆう子と一緒に、大麻の密売に関係していた。それが、嫌になって、小寺ゆう子から離れて、クラブのホステスになった。しかし、いつ、彼女が、喋るかも知れない。そこで、彼女の口をふさいだ」

「すると、皆川は、小寺ゆう子に頼まれて、井上綾子を、殺したことになりますね？」

と、亀井が、きく。

「そう考えた方が、正しいと思うね」

「その皆川を、なぜ、殺したんでしょうか？」

「小寺ゆう子にとって、危険な存在になってきたからだろうね」

「高杉あき子は、どうだったんでしょうか？　本当に、三千万円を、持ち逃げしたんでしょうか？」

「最初は、そう思っていたんだがね」

「今は、違いますか？」

「高杉あき子は、危い仕事をしていたんだ。三千万円も、持ち逃げすれば、すぐ、追っかけてくるのは、わかっていた筈だよ」

「そうですね」

「それなのに、皆川と、九州を、楽しんで、旅している」

「確かに、おかしいです」

「とすると、三千万円の持ち逃げは、不自然だ」

「しかし、警部。皆川は、途中で、どこかに電話を掛け、三千万円という金額を、口にしていますよ」

「ああ、青の洞門近くのレストランでだったな」

「そうです」

「電話の相手は、多分、小寺ゆう子だな」

「他には、考えられません」

「三千万か――」

十津川は、チョークを手にしたまま、考え込んだ。

「カメさん」

「はい」

「皆川は、前に、小寺ゆう子に頼まれて、井上綾子を殺したと、考えられる。とすると、今度も、小寺ゆう子に頼まれて、高杉あき子を、殺すことにしていたんじゃないかね？」

「九州旅行に、誘っておいてですか？」

「そうだ。ちゃんと、スケジュール表も作ってだよ」

「三千万円は、どうなりますか？」

と、亀井が、きく。

「こう考えてみたんだ。殺しの報酬だよ」

「殺しの報酬——ですか？」

「そうだ。二人の女の殺し賃さ」

「しかし、その皆川も、殺されましたが？」

「小寺ゆう子は、高杉あき子と、皆川の二人を、消したかったんだ。だが、そうすれば、自分に、疑いが、かかってくるかもしれない。そこで、犯人に仕立てあげる人間を、作ることにした。選ばれたのが、橋本君だったんだ」

「彼によく似た男が、実際には、高杉あき子と、皆川を、殺したわけですね？」

亀井も、復習するように、いった。

「橋本君によく似た男、鈴木隆は、恐らく、小寺ゆう子の愛人じゃないかと思うね。少くとも、一緒に、会社をやっている男だろう。鈴木は、偶然、自分によく似た橋本君を知って、小寺ゆう子と、協力して罠にはめ、犯人に仕立てようと、計画したんだ」

「まず、小寺ゆう子が、皆川に、三千万円で、高杉あき子を殺してくれと、頼んだ。そうなりますか？」

「恐らくね。それも、例のスケジュール表通りに、九州を旅行したあと、天草で殺して欲しいと、頼んだんだと思うね。皆川は、三千万円につられて、小寺ゆう子の指示した通り、高杉あき子と、九州旅行を、続けた。時々、小寺ゆう子に、連絡を取り、三千万円は、大丈夫だろうねと、確認しながらね」

「一方、小寺ゆう子は、橋本君に、社員が、三千万円を持ち逃げしたので、見つけてくれと依頼する」

「橋本君は、その言葉を信じて、翌日から、九州へ出かけたんだ。だが、その時には、鈴木が、彼になりすまして、熊本に飛び、皆川と高杉あき子を、殺していたんだよ」

「三千万円の罠は、残念ながら、成功してしまっていますね」

と、亀井は、腹立たしげに、いった。

「三千万円という金が欲しくなって、二人を殺してしまったというストーリイは、信じ易いからね。熊本県警が、信じたとしても、おかしくはないんだ」

と、十津川は、いった。

「例のスケジュール表が出て来たり、二千四百万円が、橋本君のマンションから発見されたりして、この罠は、完璧ですよ。鈴木隆を見つけて、自供させない限り、橋本君を救うことは、無理のように、思えますが」

亀井が、眉をひそめて、いった。

「鈴木は、きっと、この裁判が終るまで、姿を隠していると、思うよ」

と、十津川は、いった。

「じゃあ、どうしますか？」

「大麻が見つかったので、一歩前進したことは、間違いないんだ。あとは、橋本君が、罠にはめられたことを証明すればいい」

と、十津川は、いった。

しかし、亀井は、首を小さく振って、

「出来るでしょうか？」

「カメさんにしては、珍しく、弱気だね」

「今度の事件のことを、頭の中で、復習してみたんですが、皆川と、高杉あき子は、小寺ゆう子の書いたシナリオ通りの行動をしています。三千万円の持ち逃げは、嘘でも、天草で、百二十万円の黒真珠の指輪を買ったところをみると、五百万くらいの金は、持っていたと思います。高杉あき子は、その金を失くさないように、用心しながら、旅をしていたでしょうから、会社の金を持ち逃げした女に、見えたろうと思います」

「そうだな。小寺ゆう子が、五百万円を渡して、天草へ行って、パールを買って来てくれと、高杉あき子に、頼んだのかも知れない。五百万円くらいの金を、持たせる方法は、いくらでも、あった筈だ」

「橋本君のアリバイも、証明できませんし、皆川の行動も、小寺ゆう子の思い通りです。どこか、傷があれば、そこから、何とか出来るんですが」

と、亀井が、小さく溜息をついた。

「あるよ」

と、十津川が、いった。

亀井は、びっくりした顔で、

「ありますか？」

「ああ。一つだけね」

「何でしょうか？」

「例の、特急『ゆふいんの森』のコインロッカーから、血のついたナイフが、見つかっている」

「――」

「もし、あのナイフが、皆川のものだったとすると、彼は、あの列車の中で、小寺ゆう子の指示とは違ったことを、やったことになる」

「そういえば、そうですが――」

「皆川が、なぜ、そんなことをしたのか。調べてみる価値はあると思うんだがね。ひょっとすると、完璧に見える罠の唯一のほころびかも知れんよ」

と、十津川は、いった。

亀井は、急に、元気になって、

「すぐ、熊本へ行ってみましょう」

と、十津川を、せき立てた。

第八章　ナイフの傷

1

十津川と、亀井は、特急「ゆふいんの森」に乗るため、飛行機で、まず、福岡へ飛んだ。

その飛行機の中でも、十津川は、熱っぽく、自分の考えを、亀井に、話した。彼自身、話しながら、頭の中で、整理したといった方が、適当かも知れない。

こんな時、亀井は、この上ない聞き手だった。熱心に聞いてくれるし、疑問があれば、適切な質問をしてくれるからだった。

「皆川は、自分が殺されるとは知らずに、小寺ゆう子に、指示された通りに、行動したと思うんだよ」

と、十津川は、いった。

「つまり、会社の金三千万円を持ち逃げした高杉あき子と、その恋人が、九州へ逃げ、その金で、豪遊の旅を続け、天草の海で、水死するというストーリイに従っての旅ということですね」

「最後は、多分、事故死に見せかけて殺してくれと、小寺ゆう子に、いわれていたんだと思う」

「皆川は、忠実に、その指示通りに、高杉あき子を連れて、由布院―阿蘇―天草へと、旅を続けたわけですね？」

「その通りだよ。三千万円の報酬を約束されていたからね」

「高杉あき子の方は、どうだったんでしょうか？　実際には、三千万円の持ち逃げはしていなかったんですか？」

と、亀井が、きいた。

「これも、推察しか出来ないんだが、女たらしの皆川が、うまく誘って、旅行に出かけたんだと思うよ。だから、彼女は、どんな芝居が、進行しているのか、全く知らずに、皆川と、九州の旅行へ出かけたと思うね」

と、十津川は、いった。

「このままでは、全く、筋書き通りに進行しているわけで、橋本君を助けることも、難しいですね」

「全て、小寺ゆう子の書いた筋書き通りに進行して、橋本君も、完璧な罠《わな》にはめられてしまっている」

「その中で、唯一、小寺ゆう子の筋書きになかった出来事が、『ゆふいんの森』号のコインロッカーに入っていた血のついたナイフというわけですね」

「もちろん、あのナイフが、皆川のものでなければ、調べることは、無意味なんだが、もし、彼のものなら、彼の行動の中で、唯一、小寺ゆう子の筋書きとは違ったことになる。ひょっとすると、そこから、彼女の罠を、あばけるのではないかと、思ってね」

と、十津川は、いった。

「ナイフの主が、皆川としてですが、彼は、誰を、車内で、刺したんでしょうか？」

「それを、ぜひ、知りたいんだよ」

「車内で見ず知らずの人間と、ケンカをして、カッとして、刺したんじゃありませんか？　もし、そうだとすると、どこの誰とわかっても、今度の事件の解決には、役立ちませんが」

亀井は、不安そうに、きいた。

「その心配はないよ」

「なぜですか？」

「もし、そんなことだったら、刺された方は、必ず、警察に話をしているよ。新聞ダネになっている筈だ」

「なるほど」

「だから、相手は、多分、今度の一連の事件に、関係している人間だと思っている。それに、車内に、血痕などがついていなかったところをみると、傷は、浅かったんだと思う。恐らく、皆川は、殺そうと思って、相手を刺したんじゃなくて、警告の意味で、やったんだと思うね」

と、十津川は、いった。

福岡空港に着くと、十津川は、空港の電話で、東京に残っている西本刑事に、連絡を取った。

調べるように指示しておいたことの結果を、知りたかったからである。

「やはり、ナイフは、皆川のもののようだよ」

と、十津川は、電話のあとで、亀井に、いった。

「何かわかりましたか？」

「西本君の調べでは、皆川という男は、いつも、ナイフを、持ち歩いていたそうだ。ナイフで、人を刺して、傷害で、逮捕されたこともあるらしい」

「熊本で殺された時は、ナイフは、持っていませんでしたね。県警の所持品の中に、入っていませんでしたから」

と、亀井が、いった。

「だから、皆川が、車内で、ナイフを使った可能性が、強いんだよ」

「誰を刺したかが、問題ですね」

と、亀井が、いった。

二人は、時間があるので、ＪＲ博多駅近くの食堂で、少しおそい昼食をとることにした。

朝から、どんよりとした曇り空だったが、二人が、食事をしている間に、とうとう、降り出してきた。

「皆川は、ケンカ早い男だが、何といっても、三千万円が、眼の前にちらついていたんだ。めったなことでは、相手を刺したりはしないと、思うんだよ」

と、十津川は、食事のあと、煙草に、火をつけてから、亀井に、いった。

「すると、皆川は、相手が、自分の三千万円を、邪魔すると思ったんでしょうね」

「なぜ、そう思ったかだな」

と、十津川は、いった。が、その答えは、全く見当がつかない。

二人は、「にちりん31号」に乗って、大分に向った。

大分着一六時〇一分。

特急「ゆふいんの森」は、一つ手前の別府から出て、博多まで行くのだが、皆川と高杉あき子が、大分から乗ったのを考えて、十津川たちも、大分にしたのである。

やがて、グリーンの車体に、金色のラインの入った「ゆふいんの森」号が、入って来た。

十津川と、亀井は、三両編成の列車に乗り込むと、すぐ、同乗している「ゆふいんレディーズ」の一人をつかまえて、警察手帳を見せた。

五月十八日に、コインロッカーで見つかったナイフのことをきいた。

幸い、彼女は、その日、コンパニオンとして、乗っていたという。

「あれは、終着の博多に着いてから、見つかって、大さわぎになったんです」

と、彼女は、いった。

「誰が、血のついたナイフを、コインロッカーに入れたのかは、結局、わからないわけでしたね？」

「いろいろと、警察の方にきかれたんですけど、わかりませんでしたわ」

「では、この写真を見て下さい。この二人が、あの日、乗っていなかったか、思い出して下さい」

と、十津川は、いい、皆川と、高杉あき子の写真を見せた。

コンパニオンが、熱心に見ている。

「二人は、カップルで、乗っていた筈なんですよ」

と、十津川は、付け加えた。

コンパニオンは、同僚を呼び止めて、一緒に見ていたが、

「確か、このお二人、乗っていましたわ」

と、二人のコンパニオンが、十津川に、いった。

これは、予期した答えだった。現実に、皆川と、高杉あき子の二人は、十八日に、「ゆふいんの森」に乗って、由布院へ行っているのだから、当然なのである。

難しいのは、皆川が、刺した相手の特定だった。

「この男の方が、車内で、乗客の誰かと、ケンカをしていませんでしたか？」

と、十津川は、きいてみた。

二人のコンパニオンは、顔を見合せていたが、

「気がつきませんでしたわ」

と、一人が、代表する形で、いった。

「それでは、様子のおかしかった乗客は、いませんでしたか？　多分、男の乗客だと、思うんですが」

「様子が、おかしいと、いいますと――？」

と、コンパニオンが、きく。

「そうですね。顔色が悪くて、病気のように見えた乗客です」

「そういえば――」

と、長身のコンパニオンが、急に、肯《うなず》いて、

「青い顔で、苦しそうにしている男の方が、いましたわ。脂汗を浮べていたので、大丈夫ですかと、おききしたのを、覚えています」

「何歳ぐらいの男でした？」

「三十歳前後だったと、思いますけど――」

「どこで降りたか、覚えていますか？」

「大分を出てから、その方を見て、いつの間にか、いなくなってしまいましたから、由布院か、豊後森《ぶんごもり》で、降りたんだと思いますわ」

と、コンパニオンは、いった。

「その男ですが、身体のどこかを、手で、おさえていませんでしたか？」

と、十津川は、きいた。

「そうですわねえ」

と、相手は、じっと、考えていたが、

「確か、左腕の上の方を、おさえていたような気がしますわ」

と、いった。

十津川は、ポケットから、橋本豊の写真を取り出して、コンパニオンに見せた。

「その客は、この男に似ていませんでしたか？」

と、十津川が、きくと、コンパニオンは、しばらく、写真を見てから、

「そういえば、よく似ていますわ」

と、いった。

十津川は、微笑した。その返事を、期待していたからである。

こうしている間にも、「ゆふいんの森」号は、次の停車駅、由布院に向って、走り続けている。

「次で、降りよう」

と、十津川は、亀井に、いった。

2

由布院で降りたあと、十津川と、亀井は、駅前の喫茶店に入った。

これから、どうするかを、考えるためだった。

「さっき、コンパニオンにお見せになったのは、橋本君の写真でしょう？」

と、亀井が、コーヒーを前に置いて、十津川に、きいた。

「ああ、この写真だよ」

と、十津川は、亀井に見せて、

「思った通り、よく似ていると、コンパニオンは、いった」

「まさか、橋本君が？」

と、亀井が、きく。

十津川は、笑って、

「彼の筈がないよ。刺されたのは、五月十八日で、橋本君は、二十日に、小寺ゆう子から、依頼を受けたんだから」

「そうでしたね」

「だから、その男は、橋本君によく似た人間ということになる」

「鈴木隆！」

「ああ、そうだ。橋本君のふりをして、五月二十日に、飛行機で、熊本へ行き、皆川と、高杉あき子の二人を殺した男だよ」

「すると、この男は、十八日にも、九州へ来てるわけですね？」

と、亀井が、きく。

十津川は、コーヒーを一口、飲んでから、

「小寺ゆう子は、皆川が、指示通りに、高杉あき子を連れて、由布院―阿蘇―天草と旅行するかどうか、心配だったんだと思うね。それで、鈴木隆に、尾行させたんだろう。鈴木が、本名かどうか、わからないが」

「それを、皆川が、刺したのは、どうしてなんでしょうか？」

「多分、皆川は、鈴木が、ずっと、自分たちを、つけているのを、気がついたんだと思うね。もともと、気の荒い男だから、『ゆふいんの森』の車内まで、つけて来たので、カッとしたんだろう。そこで、デッキにでも、連れ込んで、なぜ、つけるんだと、問いつめたんじゃないかな」

「鈴木は、きっと、知らないと、いったでしょうね」

「そうだよ。つけているとは、絶対にいえないわけだから、知らないと、否定したと思うね」

「それで、皆川は、カッとして、相手を刺したわけですね」

「もちろん、殺す気はなかったと思うね。脅してやれというところだったろう」

「鈴木は、とっさに、腕で、よけた。それで、左腕を、刺されたということになりますか？」

「多分ね」

「そのあと、皆川は、そのナイフを、タオルでくるんで、コインロッカーに隠したということですね」

「皆川は、相手が、小寺ゆう子の命令で、動いているとは、思ってもみなかったろうと思うよ。だから、相手が、きっと、さわぎ出すと、思ったんだ。それで、あわてて、血のついたナイフを、コインロッカーに、隠したんだよ」

「ところが、鈴木は、黙っていた――」

「まさか、警察に訴えるわけには、いかなかったんだ」

と、十津川は、いった。

「しかし、痛みは、ひどかったと思いますね」

「そうさ。だから、次の由布院で降りたと、思っている」

「降りて、どうしたんでしょう？」

「考えられるのは、医者に、手当てして貰ったということだよ。鈴木は、二十日には、熊本へ行って、二人を殺しているんだ。いったん、東京に戻ってからね。それを考えると、すぐ、傷の手当てをしたと思うんだよ」

と、十津川は、いった。

「じゃあ、由布院の病院を、片っ端からきいて廻ろうじゃありませんか」

亀井は、張り切って、いった。

小雨が、降り続いていた。

十津川と、亀井は、タクシーに乗り、運転手に頼んで、由布院の病院を、廻って貰うことにした。

地元の生れだという中年の運転手は、無線で、本社に照会しながら、病院を、廻ってくれた。

なかなか、十八日に、傷の手当てをしたという医者に、ぶつからなかった。

（次の豊後森まで、行ったのだろうか？）

と、十津川は、思ったりしたが、六軒目の小さな病院で、期待していた反応を、得ることが出来た。

「前田病院」という看板の出ている個人病院だった。

内科、小児科と出ているが、外科の文字は、なかった。

それでも、前田《まえだ》という中年の医者は、十津川の話に肯いて、

「あれは、五月十八日でした。確かに、それらしい男が、診てくれと、飛び込んで来ましたよ」

と、いった。

「時間も、覚えていますか？」

「午後五時半頃だったと思いますね」

と、前田医師は、いった。

「ゆふいんの森」が、由布院に着くのは、一七時一〇分だから、五時半というのは、いいところだろう。

ここでも、十津川は、橋本豊の写真を、前田医師に、見せた。

「ああ、よく似ていますよ」

と、前田は、微笑した。

「それで、傷の具合は、どんなでした？」

　と、亀井が、きいた。

「縫うほどの傷ではなかったんで、うちでも、手当てが、出来たんです。薬を塗り、包帯をし、化膿《かのう》すると困るので、抗生物質の飲み薬を差しあげましたよ」

「本人は、名前を、いっていましたか？」

　と、十津川が、きくと、前田は、診察カルテを、抜き出して、

「東京世田谷の井上敏夫《いのうえとしお》といったので、その通り、書きました。現金で払っていかれたので、住所や、氏名は、確認してないんですよ」

　と、前田は、いう。

「彼の指紋が、どこかに、ついていませんか？」

　と、十津川が、きいた。

「指紋ですか――？」

　と、前田は、きき返してから、

「その診察カルテに、ついていると思いますよ」

「しかし、名前や、住所を記入したのは、本人じゃなくて、先生なんでしょう？」

「そうですが、妙な患者でしてね、見せて下さいといって、それを手に取って、しば

らく、見ていましたよ。まだ、名前と、住所しか書いてないのにです」

と、前田は、不思議そうに、いった。

十津川には、鈴木が、なぜ、そんなことをしたのか、よくわかる気がした。

見せられた診察カードには、鈴木ではなく、井上と書かれているのだが、本人にしてみれば、偽名と、嘘の住所をいったのに、ひょっとして、本名や、本当の住所が、わかるようなことを、いってしまったのではないかと、不安だったのだろう。

人間は、偽名や、嘘の住所をいっても、どこかに、本名や、本当の住所を連想させる字が入ってしまうものだからである。

「それでは、この診察カルテを、お借りしていきます」

と、十津川は、いってから、

「傷の手当てをしている時の男の様子は、どうでしたか？」

と、きいた。

「我慢強い人で、痛いということは、一言もいいませんでしたね。どう見ても、刃物で刺したような傷なので、どうしたんですかと、きいたんですよ」

前田医師は、その時のことを、思い出すように、ゆっくりと、いった。

「彼は、何といいました？」

「間違って、自分で刺してしまったと、いっていましたね」

「それを、信じましたか？」

と、十津川が、きくと、前田医師は、笑って、

「自分で、左腕の上膊部《じょうはくぶ》を刺すというのは、難しいですよ」

「このことは、警察に知らせましたか？」

「いや、大した傷じゃありませんでしたし、何か、事件のことで、問い合せがあれば、お話ししようと、思っていたんです。ここの警察に、連絡しておいた方が、いいですか？」

と、前田は、きいた。

「そうですね。もう少し、黙っていて下さい。われわれも、内密にしておいて、調べたいことがあるんですよ」

と、十津川は、いった。

「男は、どこかに行くといっていましたか？」

と、亀井が、きいた。

「この由布院には、観光ですかと、ききました。そしたら、そのことには、返事をしないで、傷のことを、心配していましたね。すぐ、動いていいのかとか、このあとの

手当ては、どうしたらいいかといったことです」

「それで、どう返事をされたんですか？」

と、十津川が、きいた。

「動いても大丈夫だし、一日一回、薬と包帯を取りかえ、抗生物質を飲んでいれば、二週間ほどで、治るといっておきましたよ。もう、医者に診て貰う必要はないともです」

「二週間で、傷痕も、きれいになりますか？」

と、十津川が、きいた。

「きれいに消えるというわけには、いきませんね。二ヶ月くらいは、痕《あと》が残っていると思いますよ」

と、医者は、いった。

診察カルテには、その傷の位置も、書き込んであった。

これで、いつか、この男に会った時の目印には、なるだろう。

3

十津川たちは、その日は、大分に泊り、翌日、朝八時二〇分発の飛行機で、東京に戻った。

すぐ、診察カルテは、鑑識に廻され、指紋が採取された。

検出された指紋は、二つだった。一つは、前田医師のものである。前田の指紋は、貰って来ているので、もう一つの指紋について、調べることにした。

前科者カードに、当ってみた。

半分、期待していたのだが、その指紋は、前科者カードに、見つかった。

十津川たちは、その前科者カードを、自分たちの手帳に、書き写した。

〈鈴木貢一郎《こういちろう》　三十歳〉

である。鈴木隆の鈴木は、偽名ではなかったのだ。

傷害で、一年半の実刑を受けていた。

N大を出たあと、一流の銀行に勤めたが、なぜか、三年で、退職し、そのあと、転々と、職を変えている。

問題は、どこで、小寺ゆう子と、結びついたかということだった。

テニスの趣味は、ないようだった。彼が、学生時代にやっていたのは、テニスではなくて、水泳である。

傷害事件を起こしたのは、三年前で、出所後は、私立探偵を開業していた。

十津川は、すぐ、西本と日下の二人の刑事に、探偵事務所のある代々木に、飛んで行かせた。

しかし、代々木に着いた西本からは、がっかりした声で、

「事務所は、すでに、閉められていました。一週間前から、休みの札が出たままだと、同じビルの人間が、いっています」

と、報告して来た。

「行先は、わからないのか？」

「わかりません」

「すぐ行く」

と、十津川は、いい、家宅捜索の令状を貰って、代々木駅近くの雑居ビルに、急行した。

ビルの三階に、「鈴木探偵事務所」の文字が見え、ドアには、「都合により、しばらく休みます」の札が、下っていた。

十津川は、管理人を呼んで、令状を見せ、ドアを開けて、中に入った。

1LDKで、十四畳の洋間が、事務所になっている。

来客用の応接セットが置かれ、キャビネットの中には、調査報告書の写しが、入っていたが、その数は、少かった。

探偵としての仕事は、ほとんど、やっていなかったのだろう。

「小寺ゆう子との関係を証明するようなものを、見つけてくれ」

と、十津川は、西本たちに、いった。

洋間の隣りは、六畳の和室で、そこで寝ていたらしく、押入れをあけると、布団が、入っていた。

手紙の束を、丁寧に、見ていったが、小寺ゆう子から来たものは、見つからなかった。

写真は、何冊かのアルバムに、まとめられていた。

十津川は、西本たちと、そのアルバムを、調べた。

古い変色した写真も、貼られている。鈴木の少年の頃のものだった。

なかなか、小寺ゆう子の写真は、出て来ない。

突然、日下が、大声で、

「警部、これを見て下さい」

と、いい、一枚の写真を、高くかざした。

「小寺ゆう子の写真か？」

「そうなんですが……」

「どうしたんだ？」

「見てくれれば、わかります」

と、日下が、いう。

十津川が、受け取ると、確かに、それは、小寺ゆう子の写真だったが、新聞か、雑誌から切り抜いたもので、それを、ボール紙に貼りつけてあった。

「この他には？」

と、十津川がきいた。

「他には、一枚もありません」

「二人の関係を知られたくなくて、写真は、捨ててしまったんだろう」

「しかし、なぜ、それだけ、アルバムに貼ってあったんでしょうか？」

と、日下が、きいた。

「きっと、鈴木にとって、思い出の写真なんだろう」

と、十津川は、いった。

〈助かって喜ぶ小寺ゆう子さん〉

と、写真の下に、書かれている。ゆう子は、水着の上に、ガウンを羽おり、椅子に腰を下ろしている。

傍に立っている人間が写っているのだが、胸のあたりで、切れてしまって、顔は、写っていなかった。だが、よく見ると、どうやら、警官らしい。

「どこかの海岸だな」

と、十津川は、いった。

「そこで、小寺ゆう子は、誰かに、助けられたということでしょうか？」

と、西本が、きいた。

「誰かというより、鈴木にだろう。彼は、大学時代、水泳をやっていたからね。これは、多分、新聞だろうが、何とか、いつの記事か、調べてくれ」

と、十津川は、いった。

「日本の海岸でしょうね？」

「傍に立っている人間が、日本の警官の服装をしている。それに、夏だろう。ここ数年の夏の記事を調べるんだ」

と、十津川は、いった。

西本と、日下が、その写真を持って、飛び出して行った。

十津川は、立ち会いの管理人に、礼をいい、鈴木が戻ったら、すぐ、警察に連絡してくれるように頼んでから、ドアに鍵をかけて、ビルを出た。

4

西本たちの新聞あさりが、始まった。

ここ数年の新聞の、七月から八月にかけての記事である。

面倒くさいようでも、同じ写真を見つければいいのだから、楽な作業であった。もちろん、見逃さなければである。

翌日の昼前には、西本たちが、同じ写真ののった新聞記事を、見つけ出していた。

去年の八月五日の新聞記事だった。場所は、石垣島である。

〈石垣島のK海岸で、海水浴を楽しんでいた東京の小寺ゆう子さん（二八）は、沖に出ていて、おぼれかけたところを、同じく、東京から泳ぎに来ていた鈴木貢一郎さん（二九）に助けられた。ゆう子さんは、九死に一生を得たと、感謝している〉

そして、アルバムにあった小寺ゆう子の写真。

「去年の夏というと、鈴木が出所して、すぐですね」

と、亀井が、いった。

「このことから、二人は、親しくなったんだろう。小寺ゆう子と、その命の恩人というわけだ」

「ゆう子の方は、自分との関係を知られたくないために、写真は、撮らせなかったか、捨ててしまったということですね？」

と、西本が、きく。

「そうだろうね」

「ゆう子は、鈴木を、愛しているんですかね？」

と、亀井が、きいた。

「それは、わからないが、鈴木の方は、彼女を愛していると、思うよ。こんな写真を、後生大事に持っていたし、われわれの推理が正しければ、彼は、小寺ゆう子に頼まれて、少くとも、二人の男女を、殺しているんだからね」

十津川は、そういった。

「女への愛だけとは、思えませんね」

と、亀井が、いった。

十津川は、肯いて、

「もちろん、金もあるだろう。だが、金だけでは、別に、何の恨みもない男女二人を、殺したりは、しない筈だよ」

「それは、わかります」

「問題は、この鈴木貢一郎を、見つけ出して、皆川と、高杉あき子の二人を、殺したと、自供させられるかどうかだね」

と、十津川は、いった。

「西本と日下が、彼の探偵事務所を、見張っていますが」

「奴は、もう、事務所には、帰って来ないかも知れないよ」

「ほとぼりのさめるまで、海外へでも、行っているんじゃありませんかね。今、あの事件で、裁判が始まろうとしていますから、その間、姿を消している気かも知れませんよ」

と、亀井が、いった。

「海外か」

と、十津川は、呟《つぶや》いてから、

「海外へ出たとしても、五月二十日に、皆川と、高杉あき子を殺したあとの筈だ。そのあと、鈴木貢一郎という名前の男が、出国したかどうか、調べてみよう」

と、いった。

まず、鈴木貢一郎に、パスポートが発行されているかどうかを調べ、去年の十月に、発行されているとわかると、今度は、五月二十日以降、出国していないかどうかを、調べてみた。

これは、意外に、時間がかかったが、その結果、まだ、出国していないことがわかって、十津川は、ほっとした。

もし、アメリカにでも、出てしまっていたら、十津川も、行く気でいたのである。それは、橋本を助けたいという気持もあったし、真犯人を逮捕したいという願いのためだった。一度でも、真犯人を見逃すことがあれば、一生、後悔しなければならない。

「鈴木が、海外へ逃亡していないのは、橋本君が、逮捕されて、自分は安全だと、タ力をくっているせいだと思いますね」

と、亀井が、いった。

「それに、小寺ゆう子に対する愛情もあるんじゃないかな」

と、十津川は、いった。

だが、鈴木貢一郎は、今、どこにいるのだろうか？

フィリッピンへ行っている大西和子は、なかなか、帰国しなかった。多分、小寺ゆう子が、電話して、しばらく帰るなと、いったのだろう。

十津川は、大麻が絡んでいることで、関係機関にも、連絡を取ったのだが、それを予期したのか、小寺ゆう子の「アート物産」は、突然、休業してしまった。

もともと、電話一本で、仕事をしていたのだから、その電話を廃止してしまえば、彼女の仕事は、表向き止まってしまうのだ。

それも、裁判が、終るまでと考えているのだろうが、十津川は、彼女たちが、また、動き出すのを、待ってはいられないのである。

橋本に、有罪判決が、下ってしまってからでは、それを、引っくり返すのは、難しいからだった。

それまでに、橋本の無実を証明しなければならない。

「どうしますか？」

と、亀井が、きく。

5

「鈴木貢一郎は、今、どこにいると思うね？」

と、十津川は、逆に、きいた。

「わかりませんね。日本は狭いといわれますが、人間一人が隠れる場所は、いくらでもあります」

「そうだな。北海道のへんぴな温泉に、偽名で、ひそんでいたら、見つけるのは、難しいね」

「小寺ゆう子に、圧力をかけたらどうでしょうか？　うまくいけば、彼女は、鈴木と、連絡を取ると思います」

と、亀井は、いった。

十津川も、肯いて、

「動かぬ敵は計りにくいが、動く敵は、計り易いというから、やってみよう」

と、いった。

十津川と、亀井は、もう一度、小寺ゆう子を、訪ねた。

「これから、裁判の証人として、熊本へ行かなければなりませんの」

と、ゆう子は、十津川に、いった。

「検事側の証人としてですか？」

「ええ。市民の義務ですから、行かなければならないと思っていますわ。警部さんにも、感謝して頂かなければなりませんわね。いわば、警察のために、証言するようなものですもの」

と、ゆう子は、小さく笑った。

十津川は、内心、苦笑しながら、

「今、われわれは、鈴木貢一郎という男のことを、調べているんですよ」

と、いった。

一瞬、ゆう子の顔色が変った。が、すぐ、元に戻って、

「その男の人は、私と、何か関係があるんでしょうか？」

「なぜ、そう思われるんですか？」

と、亀井が、意地悪く、きいた。

「無関係なら、わざわざ、ここへ来て、お話にならないと思いまして」

と、ゆう子は、いう。

十津川は、彼女の顔を、まっすぐに、見つめて、

「鈴木貢一郎は、知っていますね？　私立探偵をやっている男です」

「いいえ。知りませんわ」

「本当に、知りませんか？」

「ええ」

「おかしいですね。あなたの指示で、二人の男女を殺した男ですよ」

と、十津川は、いった。

「何のことか、わかりませんけど――」

ゆう子は、肩をすくめるようにして、いった。

「本当に、わかりませんか？」

「ええ」

「あなたが、橋本豊を罠にはめて、皆川と高杉あき子の二人を殺した犯人に、仕立てあげた。あの事件の本当の犯人ですが、知りませんか？」

「ええ。もちろん」

「この男なんですがねえ」

と、十津川は、鈴木貢一郎の顔写真を、ゆう子に、突きつけた。

ゆう子は、手に取った。が、すぐ、テーブルの上に、放り投げた。

「知りませんわ。こんな男の人」

「おかしいですね。あなたは、この男に、去年の夏、海で助けられた筈ですよ。新聞にも出ていましたがねえ」

亀井は、そういって、新聞のコピーを、ゆう子の前に置いた。

ゆう子は、眉をひそめて、見てから、

「ああ。このことなら、よく覚えていますわ。でも、この方には、その後、お会いしていないんで、名前も、忘れてしまっていたんです。鈴木さんとおっしゃったんですか？」

（とぼけやがって――）

と、十津川は、苦笑しながら、

「鈴木貢一郎です。われわれは、この男を見つけ出して、今度の事件との関連を調べる気でいます。もし、あなたが、正直に話して下さればと、思って、伺ったんですがねえ」

「私は、何も知りませんわ」

「そうですか。では、これから、この男を、逮捕します。また、伺いますよ」

と、十津川は、いった。

ゆう子は、腰を浮した十津川たちに向って、

「その人の居場所は、わかっていますの？」

「なぜですか？　関心があるんですか？」

「そうじゃありませんけど、何といっても、私の命の恩人ですから」

と、ゆう子は、いった。

「われわれ警察の力を、信じて頂きたいですね。どこに隠れていても、簡単に見つけ出しますよ」

十津川は、わざと、胸を張ってみせた。

「それなら、安心ですけど」

「日本は、狭いですからね。北海道に逃げても、沖縄に逃げても、必ず、見つけ出しますよ」

と、いって、十津川と、亀井は、立ち上り、部屋を出た。

「あの部屋の電話を盗聴できれば、いいんですがねえ」

と、亀井が、口惜しそうに、いった。

十津川は、「それは、無理だよ」と、いってから、

「鈴木は、恐らく、沖縄にいると思うよ。私が沖縄といった時、彼女の眼が、動いたからね」

「沖縄ですか」

「それも、石垣島じゃないかな。彼女と、鈴木の出会った場所だ」

と、十津川は、いった。

「彼女は、どうしますかね？　すぐ、電話で、連絡を取るとは、思いますが」

「熊本に行くと、いっていたね？」

「法廷に、証人として、出るためです」

「そのあと、熊本から、石垣へ飛ぶ気でいるかも知れないよ」

と、十津川は、いった。

第九章 裁 判

1

十津川と、亀井は、熊本に向った。裁判に出廷するためだった。といっても、出廷するのは、十津川一人である。

この件については、警視庁内部で、反対が多かった。

十津川が、検察側の証人ではなく、弁護側の証人として、呼ばれていたからである。

三上刑事部長は、もちろんだが、本多《ほんだ》捜査一課長も、反対した。

理由をつけて拒否すべきだといわれた。

しかし、正式に、弁護側から、出廷し、証言することを要請されたし、十津川は、橋本のために、証言してやりたかった。

彼は、明らかに、罠《わな》にはめられたのだ。彼を助けるために、証言してやりたかったし、同じく、裁判に出る小寺ゆう子を、監視したかったのである。

最後には、十津川は、警視庁を辞めても、出廷すると、三上を脅した。面子《めんつ》を重んじる三上には、この脅しが、一番きくのである。刑事であれば、証言にも、自然に、抑制がきくが、民間人になったら、何を喋《しゃべ》るかわからないという恐怖が、あるからだろう。

結局、三上部長も、十津川の出廷に同意したが、いくつかの条件をつけた。

「証言は、橋本豊の人柄についてだけに、限って欲しいね」

と、三上は、いった。

「つまり、警察の捜査についての批判は、するなということですか？」

「そうだよ。第一、今度の事件の捜査は、熊本県警のものだ。それについて、警視庁の者が、あれこれ、証言するのは、おかしいよ」

と、三上は、いった。

「わかりました。橋本君についての証言だけとしておきます」

と、十津川は、約束した。

熊本への飛行機の中で、亀井は、心配そうに、

「部長は、警部が約束を守らないと、本当に、怒りますよ」

「わかってるさ。部長は、何よりも、自分の指示通りに動かない人間が、嫌いだからね」

「しかし、弁護士は、きっと、警部に、今度の事件の警察の捜査について、ききますよ。どう思うかと」

「だろうね」

「その時、どうなされますか？　関係ないではすまされんでしょう？　といって、批判も出来ない」

「その点を、弁護士と、相談しようと、思っているんだよ」

と、十津川は、いった。

熊本に着くと、十津川は、亀井と、今度の事件の弁護を引き受けた原田《はらだ》という若い弁護士に、会った。

国選弁護人である。

「妙なことになりましたが、被告人のために、証言して下さい」

と、原田は、いった。

「条件があります」

と、今度は、十津川の方から、いった。

「何ですか？」

「検事側の証人として、小寺ゆう子が、出廷する筈です」

「わかっています」

「彼女より先に、証言したい」

と、十津川は、いった。

「なぜです？」

と、原田が、きく。

「理由を、今はいえませんが、何とかして欲しいですね。それが、被告人のためにもなるんです」

「何とかやってみますが、難しいですよ。まず、検事側の立件から始まりますからね。その時、多分、彼女は、出廷する筈だから、自然に、あなたの証言より先になってしまいますからね」

と、原田は、いった。

「努力はして下さい。条件は、もう一つあります」

「警察批判の証言は無理だということでしょう？　それは、期待していません」

と、原田は、微笑した。

十津川は、ほっとしながら、

「裁判に勝つ自信は、ありますか？」

と、きいてみた。

「わかりませんね。全力をつくしますが、被告人に、分はなさそうです。証拠は、全て、不利なものばかりですからね」

原田は、肩をすくめるようにして、いった。

「彼と会えませんか？」

と、十津川は、きいた。

「あなたが会うのは、許可されないと、思いますよ」

「それなら、伝えて下さい。必ず、君の無実は、証明されるとです」

「そんな安請合いをしていいんですか？」

「大丈夫です」

と、十津川は、いった。

2

二人は、熊本市内に、旅館をとった。

「私が、小寺ゆう子より先に証言できなかったら、カメさんは、彼女の行動を、しっかり監視して、尾行して貰いたい」

と、十津川は、亀井に、いった。

「わかっています。私は、そのために、来たんですから」

と、亀井が、肯《うなず》いた。

原田弁護士が、危惧した通り、検事側が、先に、証人を、次々に、出廷させてきた。

小寺ゆう子は、その一番手である。

十津川と、亀井は、傍聴席で、彼女の証言を聞いた。

ゆう子は、落ち着き払って、検事の質問に答え、橋本に、三千万円の横領金を、見つけてくれと頼んだが、それは、五月二十日ではなく、十九日だったこと、高杉あき子と、皆川の二人のスケジュール表は、渡しておいたのに、なぜ、すぐ、追っかけてくれないのか、不思議だったことなどを、証言した。

原田が、反対訊問をしたが、ゆう子は、全く、動じなかった。

「なかなかの役者ですね」

と、休憩の時に、亀井が、十津川に、いった。

「彼女は、すぐ、沖縄に飛ぶと思うから、カメさんは、今から、彼女を、見張ってくれ」

「鈴木と、向うで会って、一緒に、高飛びしますかね？」

「本当に愛していたら、そうなのだろうが、愛してなければ、容赦なく、口を封じると思うよ。今、彼女にとって、唯一、危険な存在が、鈴木だからね」

と、十津川は、いった。

亀井は、法廷を出て行った。

その日の午後になって、やっと、十津川が証言することが、出来た。

証人席から見ると、橋本は、青白い顔で、痩《や》せて見えた。が、十津川の顔を見ると、微笑した。

十津川も、恋人がやるように、微笑を返してから、橋本の人柄について、証言した。

「彼は、誠実な人間で、何よりも、嘘をつかないことを、信条として、生きて来た男です。彼が、依頼主の期待を裏切って、殺人を犯すなど、全く、考えられません」

と、十津川は、いった。

反対訊問に入ると、検事は、十津川が、刑事であることを、考慮してくれなかった。いや、意地になって、突っ込んで来たように見えた。

「証人は、被告人を、誠実な人間といいましたが、それなら、なぜ、彼は、警視庁を、辞めたんですか？」

と、検事は、まず、いった。もちろん、橋本が、辞めた理由を知っていて、きいているのだ。

「ある事件のためです」

と、十津川は、いった。

「どんな事件か、具体的に、いって下さい」

「その前に、彼の許嫁《いいなずけ》が、自殺したことに、触れなければなりません。そうしないと、彼が後で起こした事件の説明がつかないからです。その事件は――」

と、十津川が、説明しかけると、検事は、激しく、遮って、

「質問にだけ答えて下さい。被告人は、何の罪を犯したんですか？」

「傷害と、殺人未遂および放火です」

「それで、何年の刑に服したんですか？」

「三年です」

「何人の人間を負傷させ、殺そうとしたんですか？」

「四人です」

「本当は、五人目も、殺そうとしたんじゃありませんか？　当時の調書を見ると、そう書いてありますがね」

「その通りですが、五人目に対して、何もしていないことも、事実です」

「とにかく、五人の人間に対して、最初、殺してやると考えていた。これは、本人自身が、告白していますよ」

　検事は、執拗に、追及してきた。

「自分の愛する女性が、無法な五人の男に、犯され、自殺すれば、そうした激しい感情にかられるのが、自然じゃありませんか」

「だが、たいていの人は、実行はしません。被告人は、実行しました。つまり、被告人の中に、凶暴な力があるということではありませんか？」

「いや、自分に正直なだけだと思いますね」

「すると、今度も、被告人は、自分に正直に行動したということになりますね？　金が欲しいから、二人の人間を殺して、三千万円を手に入れた――」

「異議あり！」

と、原田弁護士が、声をあげた。

検事側は、目的を果したので、あっさりと、引き退《さが》った。

十津川は、自分が、橋本のために、果して、有効に、弁護してやれたかどうかわからなかった。

それでもいいと思っていた。いくら、法廷で、彼がいい人間だと弁護しても、今の状況では、助けられはしないだろう。

だから、十津川が、法廷に出たのは、まず、橋本を勇気付けておいて、真犯人を逮捕し、実力で、橋本を助けることだった。

休廷の時、十津川は、原田弁護士に向って、

「彼に、もう一度、伝えて下さい。間もなく、釈放させてやると」

「そんなことが、どうして、出来るんですか？　あなたの証言だって、それほど、役に立っていませんからね」

と、原田は、不審気に、いった。

「彼は、私の言葉なら、信じてくれますよ」

とだけ、十津川は、いった。

旅館に戻ると、亀井は、まだ、そこにいた。

「小寺ゆう子は、まだ、飛ばないのかね？」

と、十津川は、きいた。

「明日の飛行機を予約しています。熊本から、沖縄への便は、行きが一日一便しかないので、今日は、間に合わなかったようです」

「一日一便ね」

「一二時一〇分熊本発で、一三時三五分に、向うに着きます」

「その先は？」

「そこまでは、わかりませんが、那覇経由で、石垣へ行くと、思っています」

「明日の一二時一〇分に、乗るんだね？」

「そうです」

「一緒に乗ると、警戒されるね」

と、十津川は、いってから、

「今日中に、福岡へ出て、明日、一足先に、沖縄へ行っていよう」

と、いった。

「彼女が、気を変えて、鈴木を、熊本へ呼び寄せるということは、ありませんか？」

「それはないよ。彼女は、われわれが、熊本に来ていることを、知っているんだ。そんなところへ、わざわざ、呼び寄せたりはしないよ」

と、十津川は、いった。

二人は、わざと、旅館には、東京に帰ると告げて、その日の中《うち》に、福岡に向った。

これは、一つの賭けだと、十津川は、思っていた。

小寺ゆう子に、先廻りして動きたい。それは、一つの賭けだった。

福岡で一泊し、翌朝、二人は、福岡空港に向った。

午前九時三〇分発のＪＡＬ９２１便である。

福岡空港は、霧雨だった。天気予報によると、沖縄は、すでに、梅雨が、明けたという。

それを期待して、泳ぎや、サーフィンに行くらしい若者たちの姿も、乗客の中に、多かった。

「果して、鈴木貢一郎は、見つかるでしょうか?」

飛行機の中で、亀井が、きいた。

「小寺ゆう子が、行こうとしているのなら、鈴木は、向うに、いる筈だよ」

「それなら、いいんですが、見つかったとして、われわれに、協力してくれるでしょうか？」

「いや、鈴木は、犯行を、否定するに決っている。だから、われわれで、鈴木と、小寺ゆう子に、圧力をかけてやるより仕方がないんだ」

「どんな男でしょうか？」

と、亀井が、きいた。

「顔は、橋本君に似ている」

「それは、知っています」

「小寺ゆう子のために、二人の人間を殺したんだから、よほど、彼女に惚れているんだろう」

「彼女と一緒の金儲けも、好きな男じゃありませんか？」

「多分ね。そこが、付け目かも知れないね」

と、十津川は、いった。

那覇空港は、快晴だった。

飛行機から降りると、本土とは、全く違った明るさに、十津川は、圧倒された。

二人は、空港近くで、ゆっくりと昼食をとり、午後一時過ぎに、もう一度、空港に足を運んだ。

熊本からの全日空便は、定刻に、熊本を出発したという。

到着は、一三時三五分である。

十津川と、亀井は、到着ロビーで、人込みの中に、鈴木貢一郎が、来ていないかと、探した。が、それらしい男の姿は、見当らなかった。

「迎えには、来ていないみたいですね」

と、亀井が、いった。

「石垣で、待っているのかも知れないよ」

と、十津川は、いった。

一三時三五分に、熊本からの全日空97便が、着いた。

ゆっくりと、小寺ゆう子が、降りて来た。

サングラスをかけ、周囲に、気を配っている。だが、別に、迎えの人々の中に、誰かを、見つけようという感じではなかった。

ゆう子は、ロビーに出ると、まっすぐ、公衆電話に向って歩いて行った。

どこかに、電話を掛けている。

「多分、石垣ですよ」

と、亀井が、小声で、いった。

電話がすむと、ゆう子は、今度は、南西航空のカウンターへ歩いて行った。

彼女が、そのあと、喫茶室の方へ姿を消した。

十津川と、亀井は、南西航空のカウンターへ行き、ゆう子が、どこまでの切符を買ったか、きいてみた。

「石垣までの切符をお買いになりました。一四時五五分発です」

と、係員が、いった。

「やはり、行先は、石垣ですね」

「一緒に行くかね？　それとも、一便、おくれて行くかね？」

と、十津川は、きいた。

「彼女が、石垣に着くのは、一五時四五分です。その先、どこかへ行けるかが、問題ですね」

「そのあとの行先が、あるのかね？」

「調べてみます」

と、亀井は、いった。
五、六分で、亀井は、
「宮古島へ行く便がありますね」

「宮古へなら、那覇から直接行くだろう」

「そうですね。あとは、また、那覇へ戻って来る便がありますが」

「それなら、ここで、鈴木を待つさ」

と、十津川は、いった。

結局、彼女より、一便おくれて、石垣に向うことにした。

3

十津川と、亀井は、一時間おくれて、一六時〇〇分の便に乗って、石垣に向った。

石垣も、暑かった。

着いてすぐ、十津川と亀井は、小寺ゆう子の行先を、調べた。

まず、空港にとまっているタクシーに、小寺ゆう子の写真を見せて、きいて廻った。

バスも走っているが、恐らく、タクシーに乗った筈だと考えたのである。

しかし、彼女を乗せたという運転手は、いっこうに見つからなかった。

十津川と、亀井は、焦り始めた。

(とにかく、この石垣島にいるのだから、必ず見つかる筈だ)

と、十津川は、自分にいい聞かせた。落ち着こうと、努めた。

石垣の警察にも協力を求め、島内のホテル、旅館に、ゆう子が、チェック・インしなかったかどうか、調べて貰った。

三軒のユースホステルと、三十軒あまりの民宿にも、当って貰ったが、ゆう子は、見つからない。

「もう一度、これから先へ行けないかどうか、調べてくれ」

と、十津川は、亀井に、いった。

亀井は、空港のカウンターで、きいていたが、青い顔で、戻って来ると、

「申しわけありません」

「どうしたんだ？」

「一つだけ、この先へ行く方法がありました」

「どこへだ？」

「波照間《はてるま》です」

「波照間？」

「この石垣の南西六十キロにある小さな島です。人の住む島としては、日本最南端で、果てのうるま、つまり珊瑚が、島名の由来だそうです」

と、亀井が、いった。

「そこへ行く便があるのかね？」

「石垣から、二便でています」

「ゆう子は、乗れたのか？」

と、十津川は、きいた。

「彼女の乗った便は、一五時四五分に、この石垣に着きましたが、その十五分後の一六時〇〇分に、波照間行の飛行機が出ています。ＤＨＣ－６で、二十分で、向うに着きます」

「そのあとの便はないのかね？」

「ありません」

「参ったな」

と、十津川は、呟《つぶや》いた。

「すでに、その飛行機は、戻って来ていますから、果して、ゆう子が乗ったかどうか、調べてみましょう」

と、亀井が、いった。

一七時〇〇分に、波照間から着いたＤＨＣ－６に、乗務していた、スチュワーデスはまだ空港にいた。

　亀井が、彼女をつかまえて、小寺ゆう子の写真を見せて、きいていたが、駈け足で戻って来ると、

「やはり、彼女は、乗っていたそうです」

　と、いった。

「鈴木は？」

「男も一緒だったようです」

「鈴木も一緒か」

「石垣空港で、待っていて、一緒に、乗って行ったんだと思いますね」

「問題は、波照間に、何しに行ったかだな」

　と、十津川は、いった。

「二人で、のんびりと、南の島の夏を、楽しむためじゃありませんか？」

「それならいいんだがねえ」

　と、十津川は、いった。

「警部は、小寺ゆう子が、鈴木を殺すと、お考えですか？」

「わからないが、彼女が、用心深ければ、唯一の証人で、真犯人でもある鈴木の口を

封じようとするだろうね。それには、波照間は、最適かも知れない」

「しかし、逃げられませんよ」

「飛行機の便が、もう、ないからか？」

「そうです。明日の一〇時三〇分発まで、便はありません」

「船便は？」

「時間がかかるし、見つかり易い筈です。この石垣から、飛行機なら、二十分ですが、船では、三時間近くかかるそうです」

「そうか」

と、十津川は、肯いたが、

「殺すとしても、すぐ、わかるような殺し方はしないだろうよ。恐らく、事故に見せかけて、殺すんじゃないかな」

「そうなると、あとから、殺人の証明は、難しいですね」

「心配は、それだよ」

「ヘリでも、飛んでくれると、有難いんですが」

と、亀井はいい、空港の中を、走り廻ったが、臨時で飛んでくれるヘリは、見つけられなかった。

いくら、警察でも、何の証拠もなしに、波照間まで飛んでくれとは、いえなかった。

「仕方がない。空港近くに、一泊しよう」

と、十津川は、亀井に、いった。

夕食をとってから、旅館を探すことにして、二人は、空港近くの食堂に入った。

沖縄特有の油っこい料理を食べていると、空港の職員が、顔をのぞかせて、

「東京の亀井さん、いませんか」

と、いった。

亀井は、立ち上って、その職員と、何か話していたが、駈け戻って来ると、

「飛行機が、出ます！」

と、大声で、十津川に、いった。

「本当かい？」

「さっき、臨時の飛行機が出ることがあったら、教えてくれと、頼んでおいたんです」

「なぜ、臨時便が出るんだ？」

と、十津川は、立ち上りながら、亀井に、きいた。

「なんでも、波照間で、急病人が出て、一刻を争うというので、医者を、運ぶんだそ

うです」

詳しいことは、わからないらしい。

十津川と、亀井は、空港に向って、走った。

石垣—波照間の間を飛んでいるDHC‐6が、臨時に、飛んでくれるのだ。

医者と看護婦が、すでに、乗り込んでいた。

空港は、夕闇に包まれている。

十津川と、亀井が乗り込むと、DHC‐6は、すぐ、離陸した。

海面は、すでに、暗い。

波照間までは、ひと飛びで、すぐ、着陸態勢に入った。

空港には、波照間の駐在の警官が、迎えに来ていた。

「患者は、どんな様子ですか？」

と、医者が、きくと、

「夕方、海で泳いでいて、溺れたんです。吐かせたんですが、重態で——」

と、警官が、いう。

「それで、今、何処に？」

「民宿です。ご案内します」

駐在の警官は、医者と看護婦を、パトカーに案内して行く。

十津川と、亀井は、警察手帳を見せて、その車に、同乗させて貰った。

民宿の一つに着くと、医者と看護婦が、すぐ、中に、入って行った。

十津川は、パトカーに残った駐在の警官に向って、小寺ゆう子と、鈴木貢一郎の写真を見せた。

「このカップルが、今日の飛行機で、来た筈なんだが、どの民宿に泊ったか、わかりませんか？」

と、十津川が、きくと、警官は、

「この男」

と、いった。

「知っていますか？」

「この男ですよ、溺れたのは」

「え？」

と、十津川は、思わず、亀井と、顔を見合せてしまった。

「間違いないんですか？」

と、亀井が、きいた。

「ええ。飛行機で、着いて、すぐ、泳ぎに行ったみたいですね。ゴムボートを借りて、沖へ出て、そのボートが沈んで、溺れたみたいです」

「女が一緒だった筈ですが」

と、十津川が、きいた。

「そうなんですが、女の方は、行方不明でして。彼女は、溺死したと、考えているんですが」

と、警官は、いった。

十津川と、亀井は、警官と一緒に、民宿の中に、入って行った。

宿帳を見せて貰うと、今日、東京の男女が、泊まることになっている。

しかし、男は、川原敏《かわはらさとし》、女は、大場《おおば》みな子《こ》と、偽名に、なっていた。東京の住所も、でたらめだが、顔立ちを聞くと、鈴木と、小寺ゆう子の二人に、間違いなかった。

医者と、看護婦が、緊張した顔で、奥から、出て来た。

「どうですか？」

と、十津川が、きいた。

「強心剤と、マッサージで、何とか、心臓は、動き出しましたがね。意識が戻るかどうかは、わかりませんよ」

と、医者は、疲れた顔で、いった。

今日は、ここに、泊り込むという。

「何とか、助けて下さい」

と、十津川は、いった。

「あの患者が、何かやったんですか？」

「それは、意識が戻った時に、いいます」

と、十津川は、いってから、

「左腕の上膊部に、ナイフで刺した傷がありませんでしたか？」

「そんなものには、気がつかなかったですよ」

と、医者がいった。

傍から、看護婦が、

「その傷なら、ありましたわ」

と、いった。

「ありましたか」

と、十津川は、ほっとした顔になった。

その民宿に、まだ、空いた部屋があるというので、十津川と、亀井は、泊めて貰うことにした。

4

駐在の警官にも、手伝って貰って、小寺ゆう子の行方を、追うことにした。

民宿の話によると、二人は、着いてすぐ、民宿で、ゴムボートを借り、海に入って行ったという。

水着になっていたから、泳ぐ気だったのだろう。

だが、男が、溺れて見つかり、ゴムボートも、転覆していた。

「だから、女も、溺れたものと、考えているわけです」

と、駐在の警官が、いった。

「捜索は、したんでしょうね？」

亀井が、きいた。

「もちろん、船を出して、捜索しましたが、見つかりませんでした」

「ゴムボートは、何人乗りですか？」

と、十津川が、きいた。

「四人乗りです」

「今日は、そんなに、波が高くないんじゃありませんか？」

「ええ。波は、全くありませんでした。だから、民宿でも、ゴムボートを貸したんだと思いますね」

と、駐在の警官は、いった。

「すると、ゴムボートが、転覆するというのは、おかしいですね？」

「普通ならそうですが、恐らく、ボートの上で、ふざけていたんじゃないですか。立ち上って、ふざけていれば、転覆する可能性は、ありますからね」

「引き続き、女性の行方を、探して下さい」

と、十津川は、頼んだ。

すでに、周辺の海は、真っ暗である。明朝、夜明けと共に、海面を探すと、駐在の警官は、約束してくれた。

鈴木の容態は、いっこうに、よくならないようだった。

心肺機能は戻ったが、いったん、頭への酸素の供給が絶たれたので、意識の方が、回復しないらしい。

このままでは、植物人間になる可能性があると、医者は、いっている。

十津川と、亀井は、夜の海辺を、ゆっくりと歩きながら、この事件を、話し合った。

「小寺ゆう子は、生きていると、思いますね」

と、亀井は、いった。

「だが、どこにいると思うね?」

と、十津川が、きいた。

「わかりませんが、事故に見せかけて、鈴木を、溺れさせたんだと思いますよ。口封じです」

「それで、彼女は?」

「きっと、この島のどこかへ泳ぎ着いていますよ」

と、亀井が、いった。

十津川も、その意見に同感だった。

彼女と、鈴木が、この波照間に来たのは、今日の午後四時過ぎである。その前、ゆう子は、熊本で、証人として、法廷に出ているから、波照間で、船をチャーターし、それで、逃げる余裕はないだろう。

とすれば、まだ、この島のどこかに潜んでいて、明日になって、船か、飛行機で、脱出しようとしているとみていい。

周囲十五キロの小さな島である。

人口は、七百人ほどで、今は、観光客が、千人来ているとしても、二千人以下だ。

見つからない筈はないと、十津川は、思った。

民宿を、片っ端から、調べていこうとしていた時、駐在の警官が、駈け込んで来た。

「十津川警部。お探しの女が、見つかりました！」

と、大声で、いう。

お探しのというのが、妙におかしくて、傍で、亀井が、笑い声を立てた。

「それ、小寺ゆう子のことですか？」

と、十津川が、きいた。

「そうです。この島の水沼という漁師のところにいました。溺れかけているのを助けられたそうです」

「そこへ、案内して下さい」

と、十津川は、いった。

駐在の警官の運転するパトカーで、十津川と、亀井は、夜の道を、走った。

観光客が、ぞろぞろ歩いて来るのにぶつかった。

「最近は、マナーの悪い観光客もいて、困っています」

と、警官が、運転しながらいった時、それを証明するように、背後で、突然、カンシャク玉が、破裂した。その一発が、パトカーに命中した。どっと、歓声をあげている。

水沼春吉《みずぬまはるきち》という漁師のところで、小寺ゆう子は、布団に、寝ていた。

意外に元気で、十津川たちを見ると、布団の上に、起き上った。

「十津川さんが、なぜ、こんな所に？」

と、ゆう子は、眼を大きくして、きいた。

十津川は、苦笑しながら、

「われわれが、ここへ来ることは、予期されていたんでしょう？」

「そんなことは、ありませんわ。なぜ、東京の警察の方が、この波照間まで、わざわざ、来られたんですか？　海が、お好きなのかしら？」

「あなたが、鈴木貢一郎を殺すのを心配して、追いかけて来たんだ」

と、亀井が、いった。

ゆう子は、眉をひそめて、

「でたらめを、いわないで下さい」

「現在、鈴木は、死にかけているじゃないか」

「あれは、一緒に、ゴムボートに乗っていて、彼が、立ち上ったものだから、ボートが、引っくり返ってしまったんです。私だって、危うく、死にかけたのを、ここの方に、助けて頂いたんですよ」

「石垣で、彼と一緒になったんですね？」

と、十津川が、きいた。

「ええ」

「しかし、あなたは、鈴木とは、親しくしていないといった筈ですよ」

「その通りですわ」

「それなのに、なぜ？」

「それが、偶然なんです。十津川さんに、彼のことをきかれてすぐ、電話があったんですよ。それが、驚いたことに、鈴木さんからで、今、石垣にいて、君のことを思い出した。こちらに、遊びに来ないかって、いわれたんですよ。私も、丁度、熊本に行くので、そのあとなら会いたいと、返事をしたんですわ」

ゆう子は、平気な顔で、十津川に、いう。

「すると、石垣で、助けられたから、久しぶりに、会ったというわけですか？」

「ええ、その通りですわ」

「石垣から、この波照間に行こうといったのは、どちらですか？」

と、十津川は、きいた。

「鈴木さんですわ。静かで、自然が生きている島だから、行ってみようと、いわれたんですよ」

「ゴムボートを借りて、海に出たのは、どちらの考えですか？」

「それも、彼の提案ですわ。私は、疲れているから、明日にしたいといったんですけど、彼が、どうしても、今日、海に入りたいといって――」

と、ゆう子は、いってから、

「それで、彼、助かるんですか？」

「危かったが、助かる見込みですよ」

「良かったわ」

「本当に、そう思っているんですか？　死んでくれと、願っていたんじゃありませんか？」

亀井が、意地悪く、きいた。

ゆう子は、亀井を、睨むように見て、

「彼は、私の命の恩人です。その人の死を願うなんてことがあるわけがないじゃありませんか」

「そうは、思えませんがね」

「まるで、私が、鈴木さんを殺そうとしたみたいないい方ですわね」

「違いますか？」

「よく考えてから、物をいって頂きたいわ。鈴木さんは、学校時代、水泳をやっていて、私を、前に、海で助けて下さった方なんですよ。もし、私が殺そうとしたって、私が溺れてしまうじゃありませんか？　そうでしょう？」

「だが、君は――」

と、なおも、亀井が、いいかけるのを、十津川は、手でとめて、家の外に出た。

5

二人は、海辺に立って、暗い海に眼をやった。

「彼女のいい分には、一理あるよ。鈴木は、水泳が、うまいんだ。海で、ゆう子が溺死させようとしても、普通じゃうまくはいかないよ」

と、十津川は、いった。

「それは、きっと、何か、仕掛けをして、うまくやったんだと思いますよ」

亀井が、なおも、いう。

「それなら、それを、証明しなければならないな。水泳のうまい男を、海で、女が、溺れさせる方法だ」

「そうですね」

「鈴木は、何を考えていたのかな?」

「と、いいますと?」

「自分が、殺されるとは、全く、考えていなかったんだろうか? それとも、ひょっとしてと、思っていたかな?」

と、十津川は、自問する調子で、いった。

「その点は、わかりませんが、彼は、泳ぎに自信があったから、安心して、小寺ゆう子と、ゴムボートに乗って、海に出たと思いますね。そこが、彼の落し穴だったんじゃありませんか? 海の上なら、絶対安全だという気持が――」

「多分ね」

と、十津川は、肯いてから、亀井と、鈴木の収容されている民宿に、戻ることにした。

駐在の警官は、まだ、ここに残るというので、二人は、夜の道を、歩いた。

都会にいると、忘れていた夜空が、頭上にあった。

何百という星が、きらめいている。潮騒が耳に心地良い。

「いい所ですね」

と、歩きながら、亀井が、小声で、いった。

「カメさんの田舎と比べて、どうなんだ？」

「私の郷里は、北の小さな町です。南のこの島とは、ずいぶん違いますが、自然が豊かなところは、似ています」

と、亀井は、いった。

民宿に戻り、十津川は、医者に、鈴木の様子をきいた。

「まだ、意識不明ですよ」

と、医者は、いった。

「話せるようになる可能性は、どのくらいですか？」

「そうですね。十分の一くらいですかね」

「外傷は、ありませんでしたか？」

と、亀井が、きいた。

「なぜですか？」

「その男は、大学時代、水泳をやっていたんです。それが、ゴムボートの転覆ぐらいで、溺れるのは、おかしいと思いましてね。誰かに、殺されそうになるか、或いは、何かに、ぶつかるかしたのではないかと思ったんです」

と、亀井は、いった。

医者は、よくわからないというように、首を振ってから、

「外傷は、ありませんよ」

と、いった。

「そうですか」

「ただ、酔っていたんじゃないかという気がしますよ」

「酔っていた？」

十津川が、眼を光らせた。

「最初に、彼を見つけた人の証言ですがね。酒の匂いがしたというんです。いくら水泳がうまくても、泥酔していたら、危険です」

と、医者は、いった。

終章　釈　放

1

小寺ゆう子が、何をしたか、わかって来た。

彼女は、鈴木を、波照間に誘い、夕方の海で、ゴムボートに乗り、泥酔させておいて、海に突き落としたのだ。

鈴木の方は、彼女が、自分を頼っていると信じ、何の疑いも、持たなかったのだろう。海も静かだったから、安心して、酒を飲んだに違いない。

鈴木の口を封じてしまえば、あとは、もう、怖いものはないと、ゆう子は、考えたのだろう。

「意識が戻る確率は、どのくらいですか？」

と、十津川は、医者に、きいた。

「二〇パーセントぐらいですかね」

「電話の問い合せがあったら、間もなく、意識が戻ると、いって下さい」

「何のためです？」

医者は、首をかしげて、十津川を見た。

「必ず、電話が掛って来ます。患者の容態を聞くためです。その時に、今いったように、すぐ、意識を取り戻しそうだと、いって欲しいのですよ」

「それは、殺人未遂の疑いがあるからですか？」

「そうです。犯人は、必ず、問い合せて来ます。その時、意識不明で、回復の見込みが不明では、犯人が、安心してしまう。犯人を、不安がらせたいのです。先生だけでなく、看護婦さんにも、徹底して頂きたいのですよ」

と、十津川は、頼んだ。

「そうすれば、犯人が、やって来ると思うんですか？」

「必ず、やって来ます」

「犯人は、この島にいるんですか？」

「それは、申しあげられません」

「私の話も、聞いて貰えますか？」

と、今度は、医者が、いった。

「何ですか？」

「医者としては、一刻も早く、患者を、大きな病院へ運びたいんです。それで、電話で、那覇の総合病院へ運んでくれるように、頼んでいるんですよ。それが許可されれば、運ぶことになりますよ」

「明日、飛行機でですね？」

「そうですね。臨時に、飛行機を飛ばして貰ってということになりますが、今夜は、もう無理でしょう。受け入れる病院の方の準備もあるでしょうからね」

と、医者は、いった。

「ぜひ、那覇の病院へ運ぶようにして下さい」

と、十津川がいうと、医者は、

「いいんですか？　捜査に支障を来たすということは、ありませんか？」

「ありません。患者について、問い合せがあったら、間もなく意識は戻るが、明日になったら、那覇へ運ぶと、いって下さい」

と、十津川は、付け加えた。

その方が、犯人のゆう子を追いつめるだろうと、十津川は、考えたからである。

午前二時頃になって、明日、午前中に、海上保安庁のＹＳが、患者を、那覇へ運んでくれることに決った。

だが、ゆう子は、なかなか、電話を掛けて来なかった。

（ひょっとして、漁船でも、金で傭って、夜の間に、この島から、脱出してしまうのではないか？）

と、十津川は、疑った。

しかし、それでも、鈴木が、助かるかどうか、意識が戻るかどうかは、絶対に、知りたい筈なのだ。

十津川は、辛抱強く、待った。

午前三時半近くになって、電話が入った。

女の声ではなく、男の声である。

民宿のオーナーが出ると、溺れかけた人のことをききたいという。

医者が、電話に出た。

「間もなく、意識は、戻ると思っていますよ」

と、いい、

「夜が明けたら、海上保安庁の飛行機で、那覇の総合病院に、運ぶことになっています。午前八時頃には、来てくれる筈です」

と、答えていた。

受話器を置くと、十津川に向って、

「これで、いいですか？」

と、きいた。

「男の声でしたね？」

「そうですが、妙な具合で、いちいち、誰かに、確認しているみたいでしたよ」

と、医者は、いった。

「そうですか」

と、十津川は、微笑した。

2

明らかに、小寺ゆう子が、誰かに頼んで、電話して来たに違いない。

「あと一時間半くらいで、夜が明けますよ」

と、亀井が、いった。

「そうだな」

「夜明けまでに、ゆう子は、もう一度、鈴木を殺しに来ますかね？」

と、亀井は、夜空を見上げて、きいた。

「二つ考えられるね。何とかして、鈴木の口を封じようと考えるか、それとも、一目散に逃げようとするか」

「どちらだと、思いますか？」

「彼女は、自分の力で、何でも出来ると思い込む性格のようだし、今まで、その通りにして来ている。だから、逃げることは、しないだろう」

「殺しに来ると？」

「殺せる筈だと、思う筈だよ」

と、十津川は、いった。

「しかし、われわれがいるのを知っている筈ですから、のこのこ、やって来るとは、思えませんが」

と、亀井が、いう。

「ああ、どんな方法で、やって来るかだな」

と、十津川は、いった。

四時半を過ぎた。

突然、島内のあちこちで、火災が起きた。サイレンが鳴り、駐在の警官は、あわてて、飛んで行った。

「始まったのかも知れないぞ」

と、十津川は、亀井に、囁《ささや》いた。

亀井の顔も、緊張した。

鈴木や医者たちが泊っている民宿のオーナーも、消火のために、車を飛ばして、出かけてしまった。

こんな小さな島では、連帯感が強いからだろう。

その何分間か後に、一台の無人の軽トラックが、ゆっくりと、十津川たちの民宿に向って走って来るのが見えた。

民宿の前が、ゆるい坂になっていて、その坂を下って来るのだ。

トラックは、どんどん加速されて来る。

「止《と》めろ！」

と、思わず、十津川は叫んだ。

「もう止められません！」

と、亀井が、怒鳴り返した。飛び乗るには、スピードが、出過ぎてしまっていた。

轟音と共に、軽トラックは、民宿の玄関に飛び込んだ。

同時に、トラックに積んであったガソリンに引火し、炎があがった。

「あとを頼むぞ」

と、十津川は、亀井にいっておいて、ゆるい坂を、駈けあがって行った。

トラックを落したのが、ゆう子に違いないと思ったからである。

彼女は、民宿ごと、鈴木を、焼き殺す気なのだ。

坂の上に、駈けあがると、海岸に向って、逃げて行く女の姿が、見えた。

十津川は、息を切らせながら、女を追った。

海辺で、追いついて、飛びついた。

十津川は、女と折り重なるように、転がった。

「何をするの！」

と、女が、叫んだ。

十津川は、立ち上って、女を見下ろした。

「やっぱり、あんたか」

「危いじゃないの！」

と、ゆう子が、睨んだ。

水平線の方から、ようやく、夜が明けてきて、彼女の顔を、白っぽく、浮き出させていた。

「君を逮捕するよ」

「何の容疑で？」

「こっちに来たまえ」

十津川は、彼女の腕をつかむと、坂の上まで引っ張って行った。

あの民宿が、真っ赤な炎を吹きあげて、燃えている。炎の中で、人が動いているのが、シルエットになって、見えた。

「君が、つけた火だ。もし、死人が出れば、殺人と放火だ」

「私は、関係ないわ」

「じゃあ、なぜ、逃げ出したんだ？」

「坂の上に、トラックが、とめてあったのよ。突然、動き出したんで、あわてて止めようとしたわ。でも、うまく行かなかった。そこへ、刑事さんが、血相を変えて飛んで来たから、変に疑われたら困ると思って、逃げ出したのよ」

「そんな嘘が、通用すると、思っているのかね？」

十津川は、苦笑した。

「知らないものは、知らないのよ」

と、ゆう子は、いった。

「こんな狭い島なんだ。君がやったことの目撃者は、必ず出て来るよ。それに、鈴木が、意識を取り戻したら、全てが、明らかになるさ」

と、十津川は、いった。

亀井が、坂をあがって来た。顔が、煤《すす》で、汚れている。

「全員、無事です」

と、十津川に、報告してから、ゆう子に眼をやった。

「やっぱり君か」

「勝手なことをいわないで下さい！　私の知らないことだわ」

「いつまで、そんなことを、いってられるのかな」

と、亀井が、汚れた顔を、手の甲で拭きながら、いった。

3

夜が、完全に明けた。

十津川は、小寺ゆう子を、島の駐在所に拘束しておいて、島内の聞き込みに廻った。

放火された家が、四軒、ガソリンを積んだ軽トラックが突っ込んだ民宿が一軒だった。

この民宿は、全焼した。

他の四軒の家は、ボヤですんだものが三軒、残る一軒は、半焼し、ケガ人が一人出ている。

十津川が、思った通り、狭い島内である。

目撃者が、何人も見つかった。

いずれも、放火のあった時、現場に、「他所《よそ》者の女」が、いたというものだった。

問題の軽トラックは、島のガソリンスタンドに、とめてあった車だった。

そこの給油係は、次のように、証言している。

「急に、あの車が動き出したんで、びっくりして追いかけたんです。そしたら、若い女が、動かしていましたよ。横顔しか見てませんが、ちゃんと覚えています。運転席には、明りがついてましたからね」

十津川は、この若い給油係を、駐在所に連れて行って、小寺ゆう子と、顔合せさせた。

「あの女ですよ」

と、給油係は、しっかりした口調で、いった。

午前八時には、海上保安庁のＹＳ機が、やって来て、鈴木を、那覇まで運んで行った。

十津川と、亀井は、一〇時三〇分波照間発の便で、小寺ゆう子を連れて、石垣に向った。

ゆう子は、観念したのか、別に抵抗もせず、十津川たちと一緒の便に乗った。

石垣から、更に、那覇に向い、着いたのは、一四時一五分である。

ここまで、ゆう子は、全く、無言だった。空港のロビーで、一休みし、一緒に、お茶を飲んだ時も、彼女は、ほとんど、無言だった。

那覇から、全日空便で、十津川たちは、東京に向った。

羽田には、西本と、日下の二人が、迎えに来ていた。

「大西和子は、まだ、帰国していないのか？」

と、十津川は、車の中で、わざと、ゆう子に聞こえるように、西本に、きいた。

「成田に張り込んでいますが、まだ、帰国の気配がありません」

「いつ、帰国するんだね？」

と、十津川は、ゆう子に、きいた。

「知りませんわ」

と、波照間で飛行機に乗ってから、初めて、口をきいた。

その声に、元気がないのは、自分が、追いつめられたと、わかっているからだろうか。

十津川たちは、捜査本部に着いた。

捜査本部といっても、井上綾子殺しの捜査本部である。

彼女を殺した犯人と目された広田敬こと、皆川徹が、熊本で殺されたことで、捜査本部は、解散ということになっていたのだが、十津川が、存続を頼んだのである。

改めて、十津川と、亀井が、ゆう子を訊問したが、彼女は、また、沈黙してしまった。

「これだけ、追いつめられたのに、なぜ、彼女は、頑強に、自供しようとしないんですかね？」

と、亀井は、呆れ顔で、十津川に、いった。

「鈴木貢一郎が、どうなるか、それを、見ているんだと思うね。鈴木が死ぬか、意識不明のままなら、麻薬密売と、放火の罪はまぬがれなくても、殺人事件の方は、あくまで、橋本に、かぶせられると、計算しているんだろう」

と、十津川は、いった。

「鈴木が死ぬと、殺人の証明は、難しいですか？」

「われわれは、鈴木が、小寺ゆう子に頼まれて、熊本と、天草で、皆川と、高杉あき子を殺したと、確信している。しかし、証拠はないんだ。鈴木が、五月二十日に、飛行機で熊本に飛び、二人を殺しておいて、東京に舞い戻ったに違いないといっても、それは、橋本君が、そうしたのだといわれてしまえば、反証がないんだよ。二人は、よく似ているから、スチュワーデスも、五月二十日の熊本行に乗ったのが、橋本君だったか、鈴木だったか、判断が出来ないと思うよ」

「特急『ゆふいんの森』の車内で、鈴木が、皆川に刺された件も、鈴木が犯人だという証拠には、なりませんか？」

「残念だが、刺した皆川の方が、殺されてしまっているからね。鈴木が、自供してくれればいいが、彼まで死んでしまえば、ただの偶然ということになってしまう。あの列車の中で、皆川に刺されたという証拠は、どこにもないんだ」

と、十津川は、いった。

4

大西和子は、二日後に、帰国したところを、成田空港に張り込んでいた清水《しみず》刑事たちが、逮捕した。

彼女にしてみれば、肝心の小寺ゆう子が逮捕されてしまい、連絡のしようがなくなって、心細くなり、逮捕を覚悟で、帰国したのだろう。

それだけに、連行されたあとは、十津川の訊問に対して、すらすらと、麻薬密売の件を自供した。

呆気《あっけ》ないくらいの素直さだった。

小寺ゆう子に誘われて、仲間になり、主として、東南アジアから、大麻や覚醒剤を、持ち込み、売り捌《さば》いていたことを、喋《しゃべ》った。

十津川は、ひょっとして、大西和子が、鈴木貢一郎のことを知っているのではないか。小寺ゆう子が、鈴木と、殺人の打ち合せをしているのを、知っていたのではないか。そんな期待を持っていたのだが、これは、失望に終った。

大西和子は、鈴木貢一郎という男のことを、全く知らなかったからである。

小寺ゆう子は、鈴木のことを、自分が使っていた井上綾子、高杉あき子、それに、大西和子に、秘密にしていたのだ。また、だからこそ、いざという時、鈴木の力が、役に立ったのだろう。

十津川が、ゆう子を、もう一度、訊問した時、

「大西和子が、全てを自供したよ」

と、いっても、ゆう子は、平然とした顔で、

「どのくらいの刑になるんですか？」

「どのくらい？」

「ええ。麻薬の密売は、どのくらいの刑になるんでしょうか？」

「君は、それだけじゃすまないよ」

と、十津川は、いった。

「あとは、放火ですか？　でも、波照間で、私が、火をつけている現場を、目撃した人はいないんでしょう？」

「ガソリンを積んだ軽トラックを盗んで、民宿に突っ込んで、全焼させたじゃないか」

十津川が、いうと、ゆう子は、肩をすくめて、

「それは、違いますわ」

「どう違うんだね？　ガソリンスタンドの男は、君が、軽トラックを盗んだと、はっきり、証言しているんだ」

「盗んだことは、認めますわ」

「じゃあ、君が、あの民宿を、全焼させたんだ。それも、鈴木を、殺そうとしてだ」

「いいえ」

「どこが、違うんだ？」

「鈴木さんが、助かりそうだというので、どうしても、お会いしたかったんです。でも、私も疲れ切っていて、歩くのが、しんどくて、悪いとは知りながら、ガソリンスタンドで、あの車を盗んでしまったんです。それで、鈴木さんに、会いに行こうと、思ったんですわ」

「じゃあ、なぜ、そうしなかったんだね？　殺すために、ガソリンを積んだ軽トラックを、突っ込ませたんじゃないのかね？」

っ たんですわ」

「あの坂の上まで走って来たら、急に、エンジンの調子が悪くなったんで、車から降りて、点検していたんです。そしたら、突然、走り出して、あんなことになってしまったんですわ」

と、ゆう子は、平気な顔で、いった。

「よく、そんな嘘がいえるね」

十津川が、呆れた顔で、いった。

「でも、本当のことですわ。だから、私は、車を盗んだだけなんです。それに、麻薬の密売がプラスされて、何年の刑になるんでしょうか？」

と、ゆう子は、いった。

「君の場合は、それに、殺人が、加わるんだ。殺人の共犯じゃない。殺人の主犯だよ」

十津川は、叱りつけるように、いった。

ゆう子の顔が、一瞬、ゆがんだ。が、すぐ、ニッと、笑って、

「証拠でもありますの？」

と、きいた。

（足元を見ている）

と、十津川は、唇を嚙んだ。

まだ、鈴木が、意識を回復してないと、読んでいるのだ。

もし、鈴木が、意識を回復し、全てを話していれば、起訴されている筈だと、ゆう子は、頭を働かせているのだ。

十津川は、少しずつ、焦り出していた。

麻薬の密売でなら、今、すぐ、小寺ゆう子を、起訴できる。

波照間での放火と、殺人未遂も、起訴は、可能かも知れない。もちろん、これは、沖縄の警察の所管だが。

しかし、それでは、橋本を、救うことは、出来ない。

皆川と、高杉あき子を殺したのは、鈴木貢一郎であり、それを命じ、橋本を罠《わな》にはめたのは、小寺ゆう子であることを証明したいのだ。

時間が、なくなっていく。麻薬の密売で逮捕するか、それとも、殺人が立証できるまで、待つか、決断しなければならなくなってくる。

鈴木が、意識を取り戻したという連絡があったのは、そんな時だった。

「すぐ、那覇の病院へ行って来ます」

と、十津川は、いった。

十津川は、亀井と二人、その日の那覇行の飛行機に、乗った。

十津川は、意識を回復した鈴木の証言を録音するために、テープレコーダーを、ポケットに入れていた。

那覇に着くと、雨が降っていた。

(嫌な予感がする)

と、思いながら、十津川は、亀井と、タクシーで、鈴木の入院している病院に急いだ。

もし、鈴木が、亡くなってしまったら、小寺ゆう子を、殺人で起訴できなくなるし、何よりも、橋本豊を、助けられなくなってしまうのだ。

亀井も、タクシーの中で、押し黙っていた。

何か喋ると、鈴木が、死んでしまうような気がしていたに違いないと、十津川は、思う。十津川自身も、そんな気がしていたからである。

病院に着くと、二人は、担当の医者に会った。

五十二、三歳のその医者の顔を見た瞬間、十津川は、不安に襲われた。暗い、沈んだ眼をしていたからである。

「一時間ほど前に、あの患者は、亡くなりました。残念です」

と、医者は、いった。

(やはり、そうか)

と、十津川は、失望の底に、叩き落された気分になった。

「本当に亡くなったんですか？」

亀井は、まだ、未練があって、医者に、きいたくらいだった。

「一度、意識を取り戻したんですが、本当に、残念ですよ」

「意識を取り戻した時、患者は、何かいいましたか？」

と、十津川は、きいた。

「さあ、私は、知りません」

「しかし、先生は、ずっと、患者を診ておられたんでしょう？」

亀井が、つい、詰問する口調になって、きいた。

医者は、当惑した表情になって、

「私は、医者として、患者を、治すのが役目で、患者が、何を喋ったかには、興味がありませんので」

と、いった。

そうかも知れないが、十津川は、腹立たしくなってきた。ただの患者ではなかったのだ。殺人容疑者である。医者は、治すことが役目といっても、彼が、何をいい残したか、それぐらい、耳に留めておいてくれても、よかったのだ。

医者と別れると、亀井が、

「どうしますか？　もう、ここにいても、仕方がないと思いますが」

「看護婦にきいてみよう。彼女たちは、何か聞いているかも知れないよ」

と、十津川は、いった。

二人は、婦長に会った。

小柄な婦長は、十津川の質問に対して、

「私も、あの患者さんのいわれたことは、覚えていませんけど、警察の方なら、何か知っていらっしゃると、思いますわ」

と、意外なことを、いった。

十津川は、思わず、亀井と、顔を見合せてから、

「警察というと、沖縄県警？」

「はい」

「しかし、お医者さんは、警察のことは、何も、いっていませんでしたよ」

と、十津川は、いった。

婦長は、

「それは、あの先生が、警察のやり方に、腹を立てていらっしゃるからですわ。まだ先生が、駄目だというのに、警察の方が、無理に、訊問して、そのせいで、亡くなってしまったと、先生は、怒っていらっしゃるんですわ」

「訊問した県警の刑事の名前は、わかりますか？」

と、十津川は、きいた。

「確か、石垣からいらっしゃった金城《かねしろ》刑事とおっしゃっていましたわ」

と、婦長は、いう。

それなら、わかると、思った。波照間の事件を、調べているに違いない。

5

十津川と、亀井は、沖縄県警本部を訪ねて、金城刑事に会った。

色の浅黒い、彫りの深い、典型的な沖縄の人間の顔立ちをした、三十歳ぐらいの刑事である。

十津川と、亀井の方から、あいさつしても、金城は、ぶすっとした顔をしている。温厚な十津川も、一瞬、むかっとしたが、すぐ、思い当ることがあった。

「あの件は、お詫びしますよ。小寺ゆう子を逮捕した時に、すぐ、そちらへ引き渡さなければいけなかったのに、つい、うっかりして申しわけないことをしました」

と、いった。

十津川の言葉で、金城刑事の表情が、和らいだ。

「小寺ゆう子の訊問をさせて貰えますか？」

と、きく。

「どうぞ。なるべく早く、こちらへ移しますよ」

と、十津川は、約束した。

金城は、初めて、微笑し、ポケットから、小型のテープレコーダーを取り出して、十津川たちの前に置いた。

「鈴木貢一郎を、病室で訊問した時のものです。念のために、刑事弁護士に、立ち会って貰っていますから、十分に、証拠能力がありますよ」

と、金城はいい、再生ボタンを、押した。

金城が質問し、鈴木が、答えている。

「波照間の海で、何があったのかね？」

——小寺ゆう子と、一緒に、ゴムボートで、海へ出た。彼女が、酒をすすめたので、私は飲んだ。いい気分だった。波は、ほとんどなかったし、風が心地良かったから。すっかり酔っ払ったら、彼女が、いきなり、私を、海に突き落したんだ。そのあとのことは、覚えていません。

「なぜ、小寺ゆう子は、あなたを、殺そうとしたのかね？」

——五月二十日に、熊本と天草で、二人の男女が、殺されました。殺したのは、私だが、命令したのは、小寺ゆう子なんだ。だから、口封じに、私を、殺そうとしたんですよ。

「あなたが殺した男と女の名前は？」

——男は、皆川徹で、女は、高杉あき子です。

「その事件は、現在、裁判中で、橋本という男が、裁かれているんじゃないのかね？」

——あの男は、小寺ゆう子の考えた罠にはめられたんですよ。私と身体つきや、顔立ちが似ているのが、運のツキだったんですよ。

「皆川と、高杉あき子を、小寺ゆう子は、なぜ、あなたに殺させたのかね？」

――それは、麻薬ですよ。小寺ゆう子は、女たちを使って、麻薬を売っていたんです。高杉あき子は、彼女を裏切り、皆川は、知り過ぎていたから、殺されたんです。

「今のことは、間違いないね？」

――間違いありませんよ。小寺ゆう子は、恐しい女です。

金城が、テープレコーダーを、止めた。

ちょっと、得意気な表情になって、十津川を見、亀井を見た。

「役に立つと思いますが？」

「非常に、役に立ちますよ」

と、十津川は、いい、金城と、握手した。

「これで、小寺ゆう子も観念して、自供するでしょう」

と、亀井は、笑った。

「そうだね。皆川に、井上綾子を殺させ、その皆川と、高杉を、鈴木に殺させたのも、彼女なんだよ」

と、十津川は、答えた。

このテープは、すぐ、熊本地裁に送られた。

十津川の願った通り、そのテープは、絶大な威力を発揮した。

裁判は、中断され、検事側は、被告人の橋本豊を釈放した。

十津川と、亀井は、熊本に、橋本を迎えに行った。

橋本は、眩しそうな表情で、出て来ると、十津川と、亀井に向って、

「また、助けて頂きましたね」

と、いった。

十津川は、橋本と握手した。

「君の人徳だよ」

と、十津川は、笑った。

解説　先駆的観光特急「ゆふいんの森」

小牟田哲彦

列車に乗ることが単なる移動の手段ではなく、それ自体を主要な目的とする旅のスタイルが広く一般化したのは、平成以降のことである。

昭和時代の国鉄にも、お座敷車両やコンパートメント主体の欧風客車など、乗車することそのものを売り物にした車両は存在した。だが、それらの車両は多くの場合、団体客向けの貸切列車などで運用されたため、一般の旅行者が駅で切符を買って自由に乗れるケースは少なかった。

昭和62年に国鉄が民営化され、同時に旅客部門が地域ごとに分割されると、全国一元運営だった国鉄時代よりも身軽になったＪＲ各社は、独自の旅客誘致戦略を徐々に展開し始める。発足当初は各社とも日本全国で均一化された国鉄の車両をそのまま受け継いで列車を走らせていたが、次第に大胆な改造を施したり、自社オリジナルの車両を新たに製造するようになった。

その先駆的存在とも言えるのが、本作品に登場するＪＲ九州の「ゆふいんの森」である。

平成元年3月、博多から久大本線を経由して大分・別府との間を一日一往復する特急列車として運行を開始した。当時は久大本線には急行列車しか運行されていなかったから、中九州の主要観光地・由布院への特急列車の設定自体が画期的だった。建前上は臨時列車の扱いだが、デビュー初日から二ヵ月以上毎日運行されるなど定期列車に準じた頻度で走っていて、当初のＪＲ九州の意気込みが窺える。

異例のオリジナル車両を真っ先に取材

久大本線での準定期運行による特急扱い以上に「ゆふいんの森」が異彩を放った大きな要因は、投入された車両が斬新な姿の専用車両だったことにある。

国鉄が製造した一般的な特急型車両は、日本中のどこの路線でも走れるよう、形状・カラーリングから内装や座席配置に至るまで、基本的にほぼ全国一律だった。日本中の車両が同じ設計なら大量生産によって製造コストが下げられるし、営業成績が芳しくない閑散列車の車両を他の地方の繁忙路線に転用するには好都合でもある。列車名やヘッドマークの図柄は、他の特急列車との違いを旅客に認識させる数少ない要素であった。

これに対して「ゆふいんの森」の車両は、「ゆふいんの森」という列車にのみ使用する専用車両として誕生した。正確には、昭和40年代に製造された標準型のディーゼルカーを改造したのだが、流用されているのは台車やエンジンなどで、旅客が乗る車体はほぼ新造されている。

本作品で著者は「外観は、アメリカ風」と形容しているが、オリーブグリーンのメタリック塗装に流線型を彷彿とさせる先頭車のレトロな曲線的デザインを、当時のJR九州は「ヨーロッパ・レトロ調」と謳っていた。車内の雰囲気も、著者が「アンティックで、天井の灯は、昭和初年の頃の列車の感じ」と表現している通り、外観のイメージとマッチした古風で落ち着いた佇まいを演出していた。

しかも、車窓が高い目線から見えやすいように、床を高くしたハイデッカー構造になっていて、窓が大きい。編成の両端は運転席が低い位置に設けられているので、高い位置にある客席から、進行方向と去りゆく景色が眺められる展望車となっている。

全国どこへ行っても似たような形式の特急ばかりだった当時としては、かくも日本離れしたスタイルの特急列車は、かなりの異端児だったと言ってよい。

本作品は、「ゆふいんの森」の運行開始からわずか約四ヵ月後の平成元年7月に、『週刊小説』（平成13年休刊）で連載が始まっている。鉄道ミステリーの第一人者である著者は、九州に現れたこの異色のオリジナル特急に強い関心を抱き、デビュー直後に真っ先に取材して自作の舞台に取り入れたのではないだろうか。

「D&S列車」草創期の貴重な姿を伝える

それまで特急列車が走っていなかった路線に、その路線専用の観光客向け特急車両を新造していきなりほぼ毎日運行するという大胆な試みは、その後のＪＲ九州における観光客向け定期列車の充実ぶりを見れば、大成功だったと評価できるだろう。同社では特定の区間を走る観光客向け列車を、それぞれ特別なデザインの車両と運行する地域それぞれのストーリーを持つ「Ｄ＆Ｓ（デザイン＆ストーリー）列車」（デザインと物語のある列車）と名付けて、今や九州各地で毎日走らせている。

その「Ｄ＆Ｓ列車」に、デビューから30年以上が経つ「ゆふいんの森」が今なお看板列車として名を連ねているのは驚異的というほかない。ビジネス特急や通勤電車と異なり、同一人の定期的な利用が想定できない観光客向け列車は、リピーターの獲得とサービスの恒常的進化がなければ長く運行することは難しいからだ。

にもかかわらず、「ゆふいんの森」はデビュー以来30年間の利用客が六百万人以上を数える長寿の人気列車へと成長。平成11年には完全な新造編成を増備して、令和3年3月のダイヤ改正時点で初代編成も含めて三往復が定期運行されている。

個人的な体験談で恐縮だが、私が平成30年に「ゆふいんの森」に乗ったときは、自分がまちがえて外国人観光客の専用列車に紛れ込んだのではないかと錯覚するほど、乗客の大半を東アジア各国からの観光客が占めていた。実際、新型コロナウイルス禍の発生以前は、乗客の約八割が外国人旅行者だったという。近年はこうした海外からの観光客による根強い人気も、「ゆふいんの森」の長命を支えていたようだ。

ただし、平成11年に増備された編成は、本作品に登場する初代「ゆふいんの森」の意匠を基本的に受け継いでいるが、外観・内装とも細部に違いが多々ある。設計デザイナーが異なるから当然なのかもしれないが、国鉄時代であれば、同じ列車の車両は後から増備する場合でも同一形式を志向したと思われる。

初代「ゆふいんの森」も、30年の間に少しずつ姿を変えている。本作品では三両編成となっているが、デビュー翌年の平成2年に一両増結されて今は四両編成になっている。血のついたナイフが発見された車内のコインロッカーは、日本の鉄道車両内では初めての設備だったが、その後の車内改造で撤去されてしまい、現存しない。

かように本作品は、平成期の日本の鉄道史でまちがいなく一定の存在感を示してきた同列車が、まだ旅客の国際色も稀薄だった草創期の車内外の様子を伝える貴重な記録ともなっている。今も現役の同列車に乗るときは、本作品を片手に、ストーリーの追体験と当時の車内との新旧比較の両方を同時に楽しむことができるだろう。

西村作品の名脇役によるスピンオフ的展開

本作品には、特徴ある列車を舞台にしているという点以外に、もう一つ、西村京太郎トラベル・ミステリーの異作品間の繋がりを感じさせる要素がある。それが、冒頭から登場し、本作品の展開に大きく関わっている私立探偵・橋本豊というキャラクターの存在である。

橋本は元・警視庁捜査一課の刑事で、かつて事件を起こして有罪判決を受けた、と本文の冒頭で紹介されている。実はこの事件、昭和56年に刊行された『北帰行殺人事件』（光文社）という、西村作品の中でも突出した高い人気を誇る長編作品で詳細に描かれている。本作品では、『北帰行殺人事件』の未読者のため、同作品の結末には触れないまま、橋本が同作品の中で有罪とされた事実のみを明らかにしている。

著者はこの作品で登場させたこの橋本というキャラクターが気に入っているのか、その後もしばしば別の作品に起用している。何しろ、『下り特急「富士」《ラブ・トレイン》殺人事件』（昭和58年・光文社）は、『北帰行殺人事件』で有罪判決を受けて網走刑務所に収監されていた橋本が出所したところから話が始まるのだ。『北帰行殺人事件』を読んだ者は、続編を読んでいるような気にさせられる。

その後、社会復帰した橋本が事件の中心となっている作品が、ほかにも多数ある。しかも、登場時の役割の重要性は、十津川警部と亀井刑事の二人以外に同僚や上司として登場する他の刑事や警察官よりも格段に大きい。冒頭で『北帰行殺人事件』に触れた本作品も、そんな橋本のその後を描いたスピンオフ作品の一つなのである。

西村京太郎のトラベル・ミステリーシリーズでは、十津川警部と亀井刑事の名コンビが常に物語の中心にいるわけではない。また、数多く世に出された作品の多くは、それぞれが独立した一つのストーリーとなっているが、すべての作品が常に他の作品と無関係に成立しているというわけでもない。本作品は、そうした西村京太郎ミステリーの世界が昭和末期から平成にかけて見せてくれた多様性や奥深さを、令和の世まで生き残った現役の伝統列車を肴に味読できる、稀有な存在と言えよう。

（作家）

文春文庫

特急《とつきゆう》ゆふいんの森殺人事件《もりさつじんじけん》
十津川警部《とつがわけいぶ》クラシックス

定価はカバーに表示してあります

2021年6月10日　新装版第1刷

著　者　西村京太郎《にしむらきようたろう》
発行者　花田朋子
発行所　株式会社　文藝春秋

東京都千代田区紀尾井町 3-23　〒102-8008
TEL 03・3265・1211㈹
文藝春秋ホームページ　http://www.bunshun.co.jp

落丁、乱丁本は、お手数ですが小社製作部宛お送り下さい。送料小社負担でお取替致します。

印刷製本・凸版印刷

Printed in Japan
ISBN978-4-16-791705-0